파이어플라이관
# 살인사건
②

# 파이어플라이관
# 살인사건

마야 유타카 지음 | 김영주 옮김 ②

북스토리

# 파이어플라이관 〈부분도〉

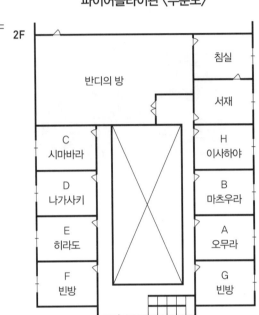

2F

침실

반디의 방

서재

C
시마바라

H
이사하야

D
나가사키

B
마츠우라

E
히라도

A
오무라

F
빈방

G
빈방

1F

목욕탕

탈의실

화장실(남)

화장실(여)

목욕탕

탈의실

주방

뒷문

세탁

두꺼비집

라운지

# 목차

## 등장인물

## 8. 여자의 그림자 7월 16일 오후 8시 40분

점심때와 달리 저녁 식사 때는 꽤 차분한 분위기가 감돌았다. 히라도가 되풀이해서 "우리들도 죽일 생각이었으면 아무런 경계도 하지 않았던 어젯밤에 해치웠을 거야" 하며 강조한 것이 좋은 의미의 세뇌 효과를 가져온 듯하다. 여하튼 그 오무라조차도 '이불이 날아갔다' 식의 시시한 말장난*을 거리낌 없이 내뱉을 정도였다.

물론 속마음엔 누구나 불안을 안고 있을 것이다. 시체는 여전히 서재에 누워 있다. 하지만 표면상으로는 상당히

---

* 일본어로 '후통가 후톤다'라는 비슷한 발음 때문.

온화한 분위기의 저녁 식사시간이었다. 살짝 탄 듯한 그라탱에 대해 입 밖으로 불평을 하는 사람은 아무도 없었다.

저녁 식사 후에는 목욕하는 사람, 라운지에서 시간을 보내는 사람, 방으로 돌아가는 사람, 제각각이었다. 과민하게 경계하는 일도 없거니와 서로 감시하는 일도 없는 평온한 한때. 사체가 발견되고 나서 이 약 두 시간이 가장 온화한 시간이었는지도 모른다. 흡사 태풍의 눈처럼.

하지만 그러나 태풍의 눈은 동시에 다시 온다는 불온의 상징이기도 하다. 눈은 소용돌이의 중심이고 결코 지나가 버린 것이 아니기 때문이다. 잠깐의 평온 뒤는 다시 폭풍우가 몰아치는……. 소위 말하는 폭풍 전의 고요함이다.

라운지에서 TV를 보고 있자니 갑자기 오무라가 뛰어들어 왔다. 보니까 표정이 일그러진 채 경직되어 있다. 오른쪽 목덜미의 힘줄은 당장이라도 끊어질 것처럼 도드라져 있다.

오무라는 소파에 누워 있던 히라도의 모습을 보자 그제야 안심한 듯이 무릎을 꿇고는 후우후우 하며 크게 어깨로 숨을 쉬었다.

"왜 그러는 거야, 오무라? 또 여자 유령이라도 본 건 아니겠지?"

히라도가 누워서 태평한 목소리로 묻는다. 그러자 오무라는 퍼뜩 고개를 들고 의심에 가득 찬 표정을 보였다.

"어떻게 알고 있는 거죠……? 혹시 히라도 형이 꾸민 거예요?"

눈을 부릅뜨고 도깨비 같은 얼굴로 달려든다. 목 언저리를 움켜쥐고 내던질 기세이다.

"이봐, 이봐, 진정해. 나는 아무것도 하지 않았다고. 도대체 이런 때에 누가 그런 장난을 치겠냐고. ……정말로 본 거야?"

조금 전보다 목소리가 더 진지해졌다.

"정말로 형이 꾸민 거 아니에요?"

거친 숨을 내쉬며 무릎을 움켜쥐는 오무라. 히라도가 정색하며 끄덕였다.

"그럼 진짜다. 여자가 나타났다고요. 봤어요, 범인을!"

오무라의 하소연은 이러했다. 방에서 CD를 듣고 있다 보니 왠지 사람이 그리워져 라운지에 내려가려고 문을 열어 목만 **빼죽이** 내밀었을 때(경계하려고 항상 그렇게 하고 있다고 한다) 복도 안쪽을 향해서 걸어가는 여성의 뒷모습을 보았다. 너무 놀라 엉겁결에 문을 닫고 마음의 준비를 한 후 다시 엿보니 사라지고 없었다.

"뒷모습만 보고 얼굴은 못 본 거잖아? 다른 사람하고 착각한 거 아니야? 좀 전에 마츠우라가 목욕 끝내고 2층으로 올라갔을 터인데."

"그럴 리가 없어요."

오무라는 세차게 고개를 저었다.

"아무리 제가 겁이 많아도 그 정도로 멍청하게 잘못 보지는 않는다고요. 5미터도 떨어지지 않았으니까. 그것은 분명 본 적 없는 여자였어요."

"유령이 아닐까요?"

이사하야가 말을 꺼내자 오무라는 바보 취급 말라는 눈초리로 말했다.

"유령이라면 얼마나 좋겠냐. 하지만 뒷모습만 보이는 무방비한 유령 따위는 세상에 없다고. 게다가 슬리퍼도 신고 있었어."

"그런데 말이야" 하고 히라도는 턱을 쓰다듬으며 말을 이었다.

"유령의 집의 유령은 본래 그런 거야. 제대로 발도 있어. 그런데 뒷모습만으로 잘도 여자라고 알았군. 치마라도 입고 있었나?"

"제대로 봐주세요. 뒷모습이라도 남자와 여자의 구별

정도는 할 수 있다고요. 성적 매력이 있는 것은 여자, 성적 매력이 없는 것은 남자라고요."

"어떻게 된 건지……. 어쨌든 여기서 이러쿵저러쿵 해 봐야 끝도 없고. 어쩔 수 없지, 확인하러 가볼까?"

히라도는 귀찮다는 듯이 일어서서 오무라의 뒤를 따라 걸어갔다. 아침에 시마바라의 경우와는 대응이 하늘과 땅 차이다. 그것만으로도 오무라의 이야기에 반신반의한 것을 알 수 있다.

치즈루의 방 앞에서 벨을 누른다.

"아, 잠시만요."

옷차림을 가다듬고 있을 것이다. 살짝 열린 문틈으로 소리가 들린 지 1분 후 문이 열리고 치즈루가 모습을 드러냈다. 목욕탕에서 막 나와서 그런지 얼굴이 상기되어 뽀얀 볼이 붉게 물들어 있다.

이사하야가 사정을 간략하게 설명한 후 "마츠우라 아니었어?"라고 묻자 치즈루는 입 언저리에 손을 대고 잠시 동안 생각한 다음 고개를 저었다.

"아뇨, 저는 아닌 것 같네요. 오무라 선배, 그 여자가 목에 하늘색 타월을 걸치고 있었어요?"

"아니" 하며 오무라가 고개를 흔든다.

"흰 목덜미를 똑똑히 봤으니 걸치지 않은 게 분명해."

"그럼 아니네요. 저는 목에 타월을 걸치고 걸었으니까."

"그렇다고 하면……."

이제야 겨우 진지 모드가 된 것 같은 히라도가 턱수염을 만지작거리며 복도 안쪽의 서재를 바라보았다.

"그럼 여자가 사라진 곳은 저 서재인가? 아니면……."

"역시나 여자가 숨어 있다고요!"

그때 오무라가 외쳤다. 쌓이고 쌓인 공포심을 단숨에 내뿜기라도 하듯 큰 소리였다. 히라도가 팔을 꽉 잡지 않았다면 그대로 어딘가 뛰쳐나갔을지도 모른다.

"진정하라고. 어째서 범인이 복도를 어슬렁어슬렁 나돌아 다니는 거야. 이상하잖아."

"그럼 유령일까요? 히라도 형은 어떻게 해서든 유령의 집으로 만들고 싶은 거예요?"

"여기서 기다리고 있어. 좀 알아보고 올 테니까."

오무라를 벽에 밀어붙인 다음 이사하야의 손을 잡고 서재로 향한다.

"왜 저도 같이 가는 거죠?"

"네 손이 가까이 있었으니까."

우격다짐으로 끌고 가서 덮어놓고 문을 열었다. 하지만

사람이 있는 기척은 없는 듯하다. 오무라의 이야기로 짐작컨대 목격 후 10분 이상은 자신의 방에서 틀어박혀 있었다고 하니까(본인은 길어야 1분이 채 안 된다고 우겨대고 있지만) 모습을 감출 시간은 충분히 있었다는 셈이다. 혹시 몰라서 반디의 방도 조사해봤지만 사람의 모습이라고는 보이지 않았다.

"다시 한 번 묻겠는데 정말로 본 거야?"

30분 후. 뚝뚝 하며 빗소리가 불안감을 증폭시키며 울려 퍼지는 라운지에서 히라도가 팔짱을 끼고 말했다. 좀 전까지의 천하태평이었던 분위기는 사라지고 날카로운 감촉이 전해져온다. 히라도뿐만이 아니라 전원으로부터. 물론 TV는 꺼져 있다.

"잠이 덜 깬 건 아니었지?"

"어차피 저는 겁쟁이잖아요."

마츠우라가 커피를 내려주어 안정을 되찾은 오무라가 이번에는 토라진 듯이 쏘아본다. 새우등을 하고 얼굴만 쑥 내민 채.

"하지만 잘못 볼 리가 없다고요. 확실히 이 두 눈으로 똑똑히 봤어요."

"마츠우라와 시마바라 이외에는 모두 라운지에 있었던

데다 시마바라도 쭉 방에 있었다고 하고. 두 사람 다 아니라고 하면 남는 것은 범인밖에 없잖아. 그런데 당당하게 복도를 걷고 있었다는 것은 지금 당장은 믿기 힘든데. 아, 마츠우라, 나도 커피 좀 줘."

의문의 여지는 다소 있었지만 증언의 신빙성은 인정하고 있는 듯한 태도였다.

"하지만 이상하네요. 어젯밤의 여자 목소리도 그렇고, 우연이라 하기엔 두 번 다 오무라 형만 걸렸다는 것은."

"뭐야, 나가사키."

오무라는 얼굴색을 바꾸며 다그쳤다.

"내가 거짓말이라도 하고 있다는 거야? 조작이라고 말하고 싶은 거야?"

겁쟁이들은 자신이 신뢰받지 못하는 것, 상대해주지 않는 것을 극단적으로 두려워한다. 오무라의 태도가 딱 그러했다.

"그런 말 한 적 없어요. 다만……."

"다만, 뭐야?"

"오무라 형만 걸리는 것이 말이에요. ……어쩌면 범인이 오무라 형을 노리고 있는 게 아닐까 하고."

"셧 업, 나가사키!"

곧바로 히라도가 질타의 소리를 날린다.

"그 이상은 입에 담지 마. 그런 쓸데없는 이야기는 삼가도록 해."

하지만 히라도의 배려는 이미 때가 늦었다. 이 말은 예상 이상의 효과를 가져왔다. 오무라는 의자로 돌아가 아르마딜로처럼 등을 구부리고 입을 꾹 다물고 말았다.

"걱정하지 마, 오무라. 범인이 진심으로 노렸다면 너는 벌써 이 세상에 없어야 한다고."

"알고 있어요. 그럼 범인은 저를 놀리고 있다는 겁니까? 젠장."

오무라는 어딘가 뒤틀린 듯한 목소리로 대답했다.

"범인에게 그런 여유가 있을까요?"

악센트 없이 낮은 목소리로 시마바라가 중얼거렸다. 싸늘한 시선은 오무라가 아니라 히라도에게 향해 있었다.

"있었겠지, 현상만을 본다면. 그리고 말이야, 오무라가 그 정도로 잘못 보리라고는 도저히 생각할 수 없어."

문제가 오무라의 증언인 만큼 히라도 역시 확실하지 않다. 이것이 다른 사람이라면 분명히 단호하게 단언했을 것이다.

"정말로 봤다니까요."

오무라가 지체 없이 곧바로 호소한다. 같은 말을 몇 번이나 반복해서 피곤해졌는지 표정도 힘없이 변했다.

"그렇다고 하면, 정체는 사세보 형이 데리고 왔을지도 모르는 여자인가, 아니면 소문의 고마츠 교코인가. 어이, 그 여자는 몇 살 정도였지?"

"나이까지는……. 하지만 왠지 아주 젊은 분위기였으니까 고마츠 교코는 아닌 것 같아요. 살아 있다면 마흔 가깝잖아요? 역시 그 정도까지 어른스럽지는 않았어요."

"뭐가 어른스럽다는 거야. 눈 깜짝할 사이에 문 닫은 주제에. 입만 살아 가지고서는."

"1초 정도는 봤다고요. ……그리고, 고마츠 교코라느니 그런 황당무계한 이야기로 흘러간다면 저는 방으로 돌아가겠어요."

오무라는 자포자기하는 심정으로 말하고 일어섰다. 동시에 힐끗 이쪽으로 시선을 보내온다. 역시 혼자서 돌아가는 것은 무서운 모양이다. 모르는 척 눈길을 무시했더니 두 번 세 번 사인을 보내왔다.

"저도 방으로 돌아갈게요."

보다 못해 치즈루가 일어섰다. 좀 전까지 상기되어 있던 얼굴도 완연하게 원래대로 돌아왔다.

"마침 잘됐네. 그럼 같이 갈까?"

안도한 듯한 말투가 역력히 느껴진다. 치즈루에게는 감사의 눈빛을 보내고 있다. 그럴 거면 솔직하게 고맙다고 말하면 될 것을.

"그 뭐, 문단속은 신경 쓰도록. 아무것도 없을 거라고 생각은 하지만."

"말씀 안 하셔도 알고 있다고요."

입만큼은 여전히 쌩쌩하다.

"아까 이야기인데요, 오무라 형이 본 것은 실물이라고 가정하고, 어째서 일부러 그런 위험한 짓을 한 걸까요?"

오무라와 치즈루가 사라진 뒤에 시마바라가 이야기를 되돌렸다. '가정'이라는 부분을 강조하는 것을 보니 오무라를 신용하고 있지 않음이 보인다.

"위협하려는 것일지도 모르지. 냄새 맡으며 돌아다니지 말라는 경고의 의미로. 그러기 위해서는 우리 중에서 제일 야단스러운 오무라를 위협하는 것이 효과적이겠지. 역으로 생각해보면 우리는 범인이 숨어 있는 곳에 가까이 갔었는지도 몰라."

천천히 수염을 매만지며 히라도가 말했다.

"과연, 그건 그럴 법도 하네요."

이사하야가 작게 수긍하자, "하지만" 하며 내부설의 시마바라가 끼어든다.

"오무라 형이 가장 겁쟁이라니, 이상하게 우리에 대해 잘 알고 있는 것 같지 않아요?"

"가지 군은 담력 테스트 때 있었던 일을 잊어버렸나 보군. 만약에 사세보 형한테서 오무라에 대해서 들었다면 어쩔 건데?"

히라도가 그 즉시 되받아친다. 야마타이국 논쟁*처럼 여전히 평행선이다.

"그렇군요. 훌륭한 설명이군요. 하지만 위협설은 틀렸다고 생각해요. 애초에 오무라 형이 방에서 나오려고 문을 연 것은 완전히 자유의사였잖아요?"

"……그런가? 그렇군. 범인에게는 오무라가 문을 열 타이밍 따위 알 턱이 없지. 그렇다고 하면 어떻게 된 거지? 오무라가 목격한 것은 우연이고, 범인은 우연히 복도를 걸어가고 있었다? 하지만 사람을 한 명 죽인 것치고는 너무 무사태평한 거 아니야? 아니면 위험을 감수하고서라도 복도를 지나가지 않으면 안 될 이유가 있었던 것인가?"

● 3세기 전후 존재한 나라로, 그 위치에 대해서 논쟁이 끊이지 않고 있다.

"그럴 경우 기점이 어디인지, 어디서부터 왔는지가 마음에 걸리는군요. 1층인지, 같은 2층의 서쪽 방인지."

"또 그런 식으로 넌지시 던지기는. 하지만 라운지에는 우리들이 있었으니까 무리지. 결국 가능성이 있는 것은 방에 남아 있었던 가지 군이 유일해진다고."

"마츠우라를 잊고 계시군요."

"마츠우라는 지나는 길이니까 이상할 것도 없지. 부정할 필요도 없어. 그보다도 가지 군은 있어서는 안 될 위치였으니까 모르는 척을 할 이유는 있지."

"그렇군요, 제가 범인이었던 거군요."

시마바라는 웃지도 않고 말했다. 히라도와는 달리 본심을 알 수 없는 캐릭터이다.

"하지만 이런 머리로는 제아무리 오무라 형이라도 금방 알아차릴 거예요."

가령 얼굴은 잊어버리더라도, 고깔 머리를 잊어버리는 일은 확실히 없을 것이다.

"그러니까 해당자는 없는 셈이다. 결국 여덟 번째의 인물이 걸어가고 있었다는 거지."

"이거 이거 제대로 넘어가 버렸군요. 그렇게 되면 왜 복도를 어슬렁어슬렁 걸어 다니고 있었는지가 재부상하게 되는데요."

"어슬렁어슬렁이라는 표현은 오해를 불러일으키지 않을까?"

"오무라 형이 뒷모습만으로도 여자로 느낄 정도였으니 경계심을 갖고 걷고 있었다고는 생각할 수 없어요. 긴장감이 있으면 있을수록 남녀 차는 없어진다고요."

"다 안다는 식으로 말하기는. 하지만 뭐, 오무라 이야기로 느껴지는 인상은, 어디까지나 인상이지만, 어딘가 무방비한 느낌이 드는 것도 사실이야. 하지만 살인범이 그런 무방비한 상태로 걸을 수 있을 것 같지는 않아."

"믿지 않는 편이 좋아요. 애매모호한 증언이니까."

매정한 시마바라. 오무라는 두 살이나 선배인데, 가차 없다.

"범인 찾기는 아직도 계속되는 중이니, 지금은 따옴표 안에 넣어둬야만 하나?"

"……역시 잘 모르면서 파고드는 것보다는 가만히 있는 편이 좋지 않을까요? 만약에 정체가 탄로 나면 범인도 지금까지처럼 얌전히 있지는 않을지도 모르잖아요."

조심스런 태도로 이사하야는 신중론을 펼쳤다. 하지만 히라도는 눈썹을 살짝 찡그리면서 반론했다.

"그렇다고 해서 방치하는 것도 좋지는 않아. 상대는 사세보 형을 죽인 범인이라고. 게다가 이대로라면 오무라가 어떻게 될지도 몰라."

"맞아요. 적어도 오무라 형은 그자를 목격해버렸고. 환영이었다고 해도. 이제 와서 못 본 걸로 하라고 하기엔 이미 때가 늦었어요. 기억은 선명하게 남으니까요."

시마바라도 맞장구친다. 범인상에 관해서는 대립하고 있지만 이럴 때는 휴전하여 손을 잡는다. 그런 의미에서는 호흡이 딱 맞는다.

"하지만 괜히 긁어 부스럼 만들면 어떻게 해요? 피해를 최소한으로 줄이는 것도 중요하지 않을까요?"

"진위가 의심스러운 오무라 형 사건을 제외하면 범인은 우리들에 대해서 구체적인 행동을 일으키고 있지는 않아요. 의외로 어딘가에 숨어서 벌벌 떨며 숨죽이고 있을지도 모르죠."

어느 쪽으로도 해석할 수 있는 뉘앙스로 시마바라가 말한다. 휴전했다고는 하나 적의 주장을 원호할 마음은 없는 듯하다.

"흐음……."

소파에 턱 기댄 히라도는 눈을 감고 잠시 동안 생각에

빠진 듯했지만, 마지막에는 어디까지가 진심인지 모를 말이 튀어나왔다.

"뭐, 오늘 밤은 술이라도 한잔할까? 단서는 적지만 술과 안주는 산처럼 있으니까 말이야."

## 9. 치즈루 7월 16일 오후 10시 15분

차임벨 소리가 난다. 찰칵 하고 체인을 푸는 소리가 들리고 치즈루가 문을 연다.

"어쩐 일이야, 마츠우라? 몰래 불러내다니."

따로 아무도 없기 때문에 조심할 필요가 없음에도 불구하고 이사하야가 소리를 죽여 묻는다. 오무라를 따라 2층으로 올라오기 직전에 치즈루가 귓속말을 했던 것이다.

라운지에서는 히라도를 위시하여 공약대로 술자리가 시작되고 있다. 결국 비는 하루 종일 계속 내리고 있었다. 잠시도 그치지 않고. 그저께까지 화창하기만 했던 맑은 하늘 어디에 이렇게 많은 빗물을 담아두고 있었던 것일까. 지금은 하늘이 무시무시한 물 항아리라도 된 것 같다. 그런 시름을 달래고 싶은 의미도 있었을 것이다. '오무라 사건 직후에 굳이 왜?'라고도 생각했지만 굳이 이렇게 하는 것이 히라도다운 배려일지도 모른다.

"이사하야 선배에게 묻고 싶은 것이 있었어요."

뚝뚝 떨어지는 빗소리를 배경으로 치즈루가 뭔가 결심이라도 한 듯한 목소리로 말했다.

"조금 전의 오무라 형의 일이야? 그거면 나한테 물어봐도 난 몰라. 여기 앉아도 될까?"

"아, 네, 앉으세요. 오무라 선배 일이 아니에요. 일부러 불러내서 죄송해요. 하지만 단둘이 아니면. 다른 사람들은 알면 안 되는 일이라서……."

"……무슨 일 있었던 거야? 심각한 얼굴을 하고선."

"심각해지죠. 이런 상황이면."

될 대로 되라는 듯한 목소리이다.

"그렇군. 미안."

이사하야가 가볍게 사과했다.

"아, 아니에요, 저는 그런 마음으로 말씀 드린 게 아니에요."

역으로 치즈루가 당황하여 사과한다.

"괜찮아. 그래, 뭐야. 묻고 싶다고 하는 것은?"

"……그게" 하며 10초 정도 치즈루는 선뜻 말을 꺼내기 어려운 듯 입을 다물고 있다가 마침내 입을 열었다.

"화내지 마세요……. 츠시마 츠구미와 관련 있어요."

"……어째서 갑자기 그런 소리를. 지금이 어떤 상황인지……."

"아, 화내지 마세요. 마지막까지 이야기를 들어주세요. 부탁이에요."

이사하야의 목소리가 거칠어지자, 치즈루가 빠른 말로 숨도 쉬지 않고 말했다.

"이사하야 선배가 츠구미와 사귀고 있었다는 것은 츠구미한테 들었어요."

"……츠구미한테? 들었다고? 그 말은 즉, 마츠우라는 츠구미와 아는 사이였어?"

"초등학교 때부터 소꿉친구예요. 집이 가까워서 중학교, 고등학교도 쭉 같았어요……."

딱딱하고 감정이 묻어나지 않는 수정 같은 목소리다. 그러나…….

"아킬리즈라는 오컬트 탐험 동아리에 들어간 일과 거기서 이사하야라는 남자 친구가 생긴 일 등. 저는 재수를 하

고 있어서 작년까지는 히메지(姬路)에 있었지만, 전화로
이런저런 이야기를 들었어요."

"그렇군……."

치즈루는 어떻게 비밀을 털어놓을 마음을 먹은 것일까.
오무라 건이 계기가 된 것일까? 목소리 톤을 듣자 하니 이
제부터 본제로 들어가는 기분도 든다.

"츠구미의 장례식 때 관 앞에서 이사하야 선배가 쓰러
져 울던 모습이 인상적이었어요. 츠구미는 이토록 사랑받
았었구나 하고."

치즈루는 그때를 회상하듯 불쑥 중얼거렸다.

"실은 저도 울려고 했었지만, 그것을 보고 울 수 없게
되었어요."

"그것 참 꼴사나운 모습을 보였군. 하지만…… 츠구미
는, 내 전부였어. 츠구미가 사라지고 내 생활은 무미건조
한 회색빛이 되어버렸지. 아직까지도 그래. 조지는 아직
잡히지도 않았고, 어쩌면 그것 때문에 츠구미는 성불하지
못했을지도 몰라. 어딘가에서 떠돌고 있을지도 모르지. 그
런 생각을 하면 슬퍼져……."

이사하야는 콜록거리며 힘없이 기침을 한 번 하고 말을
이었다.

"그런데 어째서 지금 이런 상황에서 츠구미 이야기를? 게다가 왜 지금까지 모두에게 숨기고…….''

"그 조지에 관한 일인데요. 츠구미를 죽인…….''

"조지?''

"네. 제가 아킬리즈에 들어온 것은 츠구미를 죽인 범인을 잡기 위해서였어요. 그것 때문에 정체를 숨기고 있었어요. 죄송해요.''

꺼져 들어가는 듯한 목소리였다.

"……그래도 조지의 피해자는 츠구미만이 아닌 데다, 아킬리즈에 들어온들…….''

"그건 잘 알고 있어요. 하지만 이상하지 않으세요? 조지는 길에서 여자들을 꾀어서 은신처로 데리고 들어가 거기서 살해하잖아요?''

치즈루는 갑자기 큰 소리로 말했다.

"TV에서는 그렇게 말했었지.''

"하지만 제가 알던 츠구미는 또래 이상으로 야무져서 절대로 헌팅 같은 걸로 호락호락하게 따라갈 애가 아니었어요. 반에서도 항상 저희들을 리드하는 역할이었고. 이사하야라는 남자 친구도 있는데. 게다가 이 조지 소동이 한창일 때 경계도 안 하고 처음 보는 남자를 따라가다니, 절대로 있을 수 없어요."

확신에 찬 늠름한 말투로 치즈루가 말한다. 그런 츠구미가, 라며 굳게 믿고 있을 것이다.

"그래, 그것은 나도 이상하게 생각했지만. 그럼 츠구미를 어떻게 불러냈을까? 강제로 납치되었다고 쳐도 한 사람도 목격자가 없다는 것은 이상하고. 밤중에 사람이 다니지 않는 장소를 돌아다니는 것도 생각하기 힘들어. ……그럼 마츠우라는 아킬리즈 멤버 안에 조지가 있다고 말하고 싶은 거야?"

이사하야가 달래듯이 말했다.

"네. 분명히 있어요. 츠구미는 누군가가 불러낸 거예요. 아킬리즈 멤버라면 밤에 불러낸들 이상하지 않잖아요."

확실히 이치에 맞는 이야기이다. 스폿 순례의 인원이 부족하다며 한밤중에 자는 사람을 몇 번이나 깨웠던가. 츠구미는 여자라서 아무래도 그 정도까지는 당하지 않았지만 저녁 무렵에 갑자기 소집당한 적은 아는 것만 해도 네다섯 번은 족히 있었다.

"그래, 맞아. 불가능한 이야기는 아니야. 하지만 그런 조지를 네 손으로 찾아내려 하다니 겁이 없다고 해야 하나……. 다른 멤버들에게는 아직 이 일은 얘기 안 했지?"

"네, 누가 조지인지 몰랐으니까요."

"그렇지. 그렇다는 것은 마츠우라는 여태까지 우리들 중 누군가를 범인이 아닐까 의심하면서 스폿 순례나 뒤풀이에 참가했었던 거야?"

대답하기 힘들 것이다. 치즈루는 잠시 뜸을 들인 뒤 간신히 대답했다.

"솔직히 말씀드리면 그래요. 정말로 죄송하게 생각하고 있어요. 이렇게 속인 것처럼 되어서. 하지만 여기에는 그럴 만한 이유가 있다고요."

"이유?"

그러자 치즈루가 목소리를 죽이고 계속 이야기했다.

"츠구미가 살해당하기 한 달 전의 일이었어요. 츠구미 방에 도청기가 설치되어 있었거든요. 그 일로 제게 의논을 해왔어요."

"도청기? 난 못 들었는데, 그런 이야기. 정말이야?"

"네. 2개월 정도 전부터 라디오 전파가 잘 안 잡혔다고 해요. 이상하다고 생각하던 무렵, 도청버스터라고 하나요? 전문가라는 사람이 찾아와서 도청당하고 있다고 했다는 거예요. 물론 돈을 뜯어가기 때문에 평소 같으면 터무니없다고 거절했을 테지만 라디오 일도 있고 해서 조사해

달라고 했더니, 전화기 안쪽에 작은 도청기가 붙어 있었던 거예요. 전문가의 말로는 고성능 도청기로 방에서 발생한 소음은 거의 대부분 환히 들릴 거라더군요."

"그런 일이 있었다니. 전혀 몰랐어……. 대체 누가?"

분노를 머금은 목소리로 이사하야가 물었다.

"마침 그때 스폿 순례에서 돌아오는 술자리에서 멤버 네다섯 명이 우르르 쳐들어와서 아침까지 있었던 적이 있었어요. 설치했다면 그때가 아닐까 하고 츠구미는 말했어요. 이사하야 형과 몇 명의 여자 친구들을 제외하면 그 사이에는 아무도 방에 들어가지 않았다나 봐요. 더군다나 확실히 도청기를 제거하고 나서는 라디오 상태가 원래대로 돌아왔다고 해요."

"결국 아킬리즈 멤버 중 하나라는 것이군. 하지만 어째서 마츠우라에게는 의논을 하면서 나에게는 말조차 해주지 않았지?"

"저도 그렇게 물었더니 범인이 아킬리즈 멤버일지도 모르기 때문이래요. 아직 확정된 것도 아니고, 이사하야 선배에게 말하면 분명 큰일이 될 거라며."

"당연하지. 그건 용서할 수 없다고. 이래저래 따질 것도 없이 목을 부러뜨려야지. 그래, 누구였어, 도청기를 설치한 놈은?"

이사하야는 한층 더 목소리가 거칠어졌다. 그러자 치즈루는 나직이, "그게…… 동기인 나가사키가 아닐까 했어요" 하고 대답했다.

"뒤풀이 때 자신의 휴대전화가 아니라 츠구미의 집 전화를 빌려 썼대요. 휴대전화로 하면 전화요금이 비싸다는 핑계를 대고. 그때는 그저 구두쇠라고만 생각했었지만, 그때 설치한 게 아닐까 하는 의심이 든대요. 생각해보면 아킬리즈에서도 항상 자기를 쳐다보고 있는 듯하고. 게다가 발각되기 일주일 정도 전에 이런 일이 있었대요. 스폿 순례에서 돌아오는 길에 '캬바리아'라는 찻집에서 레어치즈 케이크를 주문했더니 건너편에 앉아 있던 나가사키가 '츠시마는 레어치즈를 무척 좋아하는구나'라고 말을 걸어왔대요. 그때 조금 이상하다고 생각했나 봐요. 왜냐하면 츠구미가 레어치즈에 빠진 것은 최근이고 그 전까지는 오히려 싫어했을 정도였으니까요. 다만 그 이틀 전쯤에 고향집에 전화를 걸어서 어머니와 케이크 이야기를 했던 것이 생각나서."

"결국 나가사키가 그 전화를 도청했다는 거군."

"그것 말고는 누구한테도 얘기한 적이 없다고 하니까.

그, 이사하야 선배에게도. 다만, 어쩌면 어딘가에서 말한 적이 있는데 그걸 잊어버린 걸지도 모르는 거니까요……."

"단정까지는 할 수 없었던 셈이군. 그래서 그 도청기는 어떻게 했지?"

"그대로 처분했다고 해요. 이쪽이 알아차린 것을 알면 더 이상 어떻게 하지 않겠지 하면서. 상대가 나가사키라는 뚜렷한 증거도 없으니."

"나가사키……. 그 녀석이라면 하고도 남지. 인터넷에서 야한 사진을 3만 장 다운로드했다든가 자랑하는 놈이니까. 니혼바시(日本橋)에서 이따금 중고 전자 부품을 사 모아서, 히라도 형에게 놀림거리가 될 정도야. 스토커였다고 해도 놀랄 것 없어. 확실히 지금 생각해보니 츠구미를 보는 눈도 이상했어."

"그렇죠? 그 사람 눈빛이 좀 위험해요."

치즈루도 즉석에서 동조했다. 표면상의 맞장구가 아니라 마음에서 우러나오는 소리로 들렸다.

"그래서 마츠우라는 나가사키가 조지였다고 생각하는 거야?"

"경찰한테도 도청기에 대해서 얘기했어요. 실물이 없으니 얼마나 진지하게 대응해준 건지 모르겠지만. 다만, 나가사키에게는 당일 알리바이가 확실히 성립했었나 봐요."

"그렇다면 나가사키는 조지가 아니라는 말인데……."

"그러니까……."

치즈루는 잠시 동안 입을 꾹 다문 뒤 다시 말을 이었다.

"또 한 명 공범자가 있는 것이 아닐까 생각했어요."

"공범자? 조지가 두 사람이라는 거야?"

이사하야가 묻자 "네" 하고 이번에는 대답에 힘이 들어갔다.

"과연, 혼자가 아니라 둘이라. 그건 생각해본 적이 없었는걸. 그래서……."

이사하야가 이야기를 이었다.

"지금 여기서 이야기하고 있다는 것은 그 공범자도 역시 아킬리즈 멤버라는 거야?"

"네."

치즈루는 단언했다.

"그렇지 않으면 츠구미를 불러낼 수 없었을 테니까."

"그렇군. 그래서 알아냈어?"

"몰랐어요. ……어제까지는."

"어제까지라는 것은?"

치즈루는 한 번 뜸을 들이고 말을 이었다.

"조지는 사세보 선배였어요."

"사세보 선배가! 정말이야? 사세보 선배가 조지라니. ……뭔가 증거라도 발견한 거야?"

이사하야가 그렇게 다그치자 "없어요. 유감이지만" 하고 분하다는 듯이 치즈루가 대답했다.

"그렇다고 하는 것은 마츠우라의 추측인 셈이네. 다른 사람들은 몰라도 사세보 선배는 살해당한 피해자야. 본인은 반론할 수 없으니 그 점은 조심해야 해."

"그것은 충분히 알고 있어요. 하지만 사세보 선배가 이상하다고 느낀 것은 어제 일이었어요. 살해당하기 전의 일이에요."

치즈루는 한 발도 물러설 것 같지 않다.

"눈치를 보니 꽤 확신을 갖고 있는 듯한데. 그런데 어떻게 갑자기 알게 되었지? 경찰에서도 정체를 밝히지 못해서 손을 놓고 있다고 하는데. 어제 뭔가 특별한 일이라도 있었어?"

"서재를 안내해줬을 때요. 거기서 사세보 선배의 누나 사진을 봤어요."

"책상 위에 놓아둔 것 말이야?"

"맞아요."

치즈루의 이야기에 열의가 깃들어 있다. 그대로 단번에 파죽지세로 숨도 쉬지 않고 말한다.

"그 사진을 보고 어딘지 모르게 츠구미를 닮았다고 생각했어요. 실제로는 전혀 다르지만. 뭐랄까 인상이……. 그래서 왜일까 곰곰이 생각을 하다가 몇 가지 공통점을 발견한 거예요. 갸름한 얼굴에 긴 검은머리. 얇은 입술. 눈초리가 내려간 눈. 그리고 눈초리에 있는 검은 사마귀. 그 순간 머릿속에 여러 장의 사진들이 한꺼번에 떠올랐던 거예요. 츠구미가 살해당한 뒤 몇 번이나 봤던, 조지의 피해자들의 얼굴 사진이. 모두 긴 검은머리에 갸름한 얼굴인 데다 얇은 입술까지. 츠구미를 포함한 세 명에게는 좌우 어느 쪽 눈초리인가에 사마귀가 있고. 일곱 명의 피해자들 각각은 그렇게 비슷한 인상은 아니었어요. 지금 말한 것 같은 흔한 공통점 이외에는 얼굴 생김새나 분위기가 완전히 달랐으니까요. 하지만 그 누나의 사진을 중심에 두고 생각하면 모두 어딘지 모르게 닮은 거예요. 공통된 인상이 생겨난다고요. 각각은 관계없어 보이지만 중심에 있는 누나하고만큼은 다 닮았어요. 사세보 선배의 누나는 마치 연상퀴즈의 정답 같은 느낌이었어요. 사세보 선배의 누나와 닮은 여자가 피해자. 누나가 죽은 것이 3년 전. 조지가 모습을 드러낸 것은 그 얼마 뒤. 그래서 확신했어요. 조지는 사세보 선배라고. 그리고 사세보 선배에게 협력하고 있었던 것이 나가사키 선배가 아닐까 생각했어요. 도청 같은 사전 작업을 위해서."

"……확실히 닮았을지도 몰라. 지금까지 전혀 눈치채지 못했지만. 사세보 선배가 조지? ……설마, 그래서 마츠우라가 사세보 선배를?"

"그런 말 마세요."

치즈루는 강하게 부정했다.

"그럴 리가 없잖아요. ……물론 저에게 그만한 힘과 배짱이 있었다면 혹시나 했을지도 모르죠. 하지만 저는 아니에요."

"알고 있어. 만약에 마츠우라가 죽였다면 나에게 솔직하게 털어놓을 리가 없으니까."

자상한 말투가 치즈루를 안심시킨 듯 보인다.

"다행이에요. 츠구미의 남자 친구였던 이사하야 선배만큼은 믿어줬으면 했거든요."

"하지만 사세보 선배가 조지였다는 것까지 믿는 건 아니야."

일단 못을 박는다. 하지만 치즈루는 거기에 아랑곳하지

않고 추측을 이어나갔다.

"그런데 사세보 선배가 살해당한 뒤에 생각했어요. 담력 테스트 때 오무라 선배가 들었다고 하는 여자 목소리. 히라도 형이 말한 것처럼 이 저택에는 어젯밤 또 한 명의 여자가 있었던 게 아닐까 하고요. 그리고 사세보 선배, 아니, 조지는 밤중에 그 여자를 새로운 희생양으로 만들려고 했고, 그때 역으로 그 여자가 저항해서 살해당한 게 아닐까 해요."

"……."

오무라가 목소리를 듣고 히라도가 그 존재를 주장한 여덟 번째의 여자. 조지가 다음 피해자로서 선택한 여자. 두 여자의 특성이 융합되기 시작한다. '사세보=조지'라는 등식하에서.

이사하야는 얼마간 침묵하더니 입을 열었다.

"가능한 일일지도 모르겠군. 혹시나 사세보 선배가 정말로 조지라면 말이지만. 하지만 그렇다고 하면 충분한 정당방위라고 생각하는데 어째서 그녀는 이름을 밝히고 나서지 않지?"

이사하야가 그런 의문을 표시했다.

"우리들 사이에 조지의 공범자가 있기 때문이지요. 게

다가 그녀의 입장에서 보자면 공범자는 혼자라고 단정할 수 없으니까요. 최악의 경우, 조지는 아킬리즈 모두일 수도 있는 것이고. 경찰이 올 때까지 몸을 숨기고 있어야겠다고 생각하더라도 이상하지 않다고 봐요."

"그렇군. 일리 있는 이야기군. 그래, 마츠우라는 그 공범자가 나가사키라고 하는 거지?"

"네. 증거는 하나도 없지만……. 어쩌면 지금 가장 초조해하고 있는 것은 나가사키 선배일지도 몰라요. 그녀가 또 다른 조지의 정체도 알고 있다면 머지않아 경찰에 다 말할 테니까요. 그녀는 정당방위로 무죄겠지만 나가사키 선배의 경우는 확실히 사형이에요. 그러니까 이런 상황이라면 그녀뿐만이 아니라 나가사키 선배도 무슨 짓을 할지 몰라요. 나가사키 선배로서는 입막음을 위해서 그녀를 찾아내 죽이고 싶을 테니까."

"듣고 보니 그렇군. 바깥뿐만 아니라 내부에도 신경을 써야겠군. 그렇다고 해서 아직 나가사키라고 정해진 것도 아니고 말이지. 슬며시 체크는 해두겠지만."

"체크라니요? 꽁꽁 묶어서 구속하거나 할 수는 없는 건가요?"

치즈루는 의외라는 듯 소리를 높였다.

"아무런 증거가 없이는 아무래도 무리야. 게다가 녀석이 제아무리 조지와 한패라고 해도 우리들을 상대로 터무니없는 짓은 안 하겠지. 입장을 생각해보면 틀림없이 사세보 선배가 주범이었을 테고 말이야."

"그렇다면 좋겠지만……."

치즈루는 불안해 보인다.

"부탁 드려요. 도와주세요. 의지할 수 있는 건 이사하야 선배밖에 없어요."

"그래, 물론이지. 츠구미를 위해서도 할 수 있는 최대한 협력할게. 그런데 이 일은 아직 다른 사람들에게도 말하지 않았지?"

"네, 아무에게도. 시마바라나 오무라 선배는 미덥지가 않고, 히라도 선배는 사세보 선배와 너무 가까운 것 같아서요."

확실히 사세보와 히라도의 교제는 오래되었다. 치즈루가 역설하더라도 진실을 완고하게 거부할지도 모른다. 나는 그런 세세한 데까지 주의가 미치지 못했는데, 지금까지 거리를 두고 관찰해온 보람이 있는지 치즈루의 직감 쪽이 맞는 것 같다.

"그렇지. 히라도 형은 사세보 선배를 꽤나 존경하고 있으니까 판단이 흐려질지도 모르겠군. 하지만 나를 믿어줘서 기뻐. 고마워. 이것으로 겨우 츠구미의 원수를 갚을 수 있을지도 모르겠다. ……단 이것만은 말해두겠는데, 결코 너무 앞질러 나가는 행동을 해서는 안 돼. 범인은 가엾은 피해자일지도 모르지만 흥분해서 이성을 잃고 있을 가능성마저 있으니까. 아까도 오무라가 뒷모습을 봤다고 한바탕 소동이 일어났을 정도야. 게다가 츠구미의 원수를 갚는 것은 우리들이 아니라 어디까지나 경찰이야. 무언가 행동할 때에는 사전에 꼭 나와 의논해줘. 혼자 앞질러 가서는 안 돼."

"……네."

지금까지와는 달리 치즈루의 대답은 다소 불만스러운 듯 들렸다. 그녀로서는 이대로 둘이서 조지의 비밀을 까발리고 싶을 것이다. 정체를 속이면서까지 아킬리즈에 들어왔을 정도의 성격이다. 화가 난 나머지, 주범인 사세보는 살해되었지만 적어도 공범자만큼은 내 손으로, 라고 생각하고 있다 해도 이상하지 않다. 그것이 걱정이다. 범인인 여자뿐만이 아니라 공범자도 이것저것 가리지 않고 발끈해버릴 가능성도 있는 것이다.

뚝뚝뚝 비가 줄기차게 내린다.

"……앞질러 가서는 안 돼, 치즈루. 앞질러서는."

침대에 누워 다정하게 속삭였다.

## 10. 욕조의 머리카락 7월 17일 오전 11시 20분

술자리는 새벽 세 시에 막을 내렸다. 히라도가 끝내기 의식으로 손뼉을 짝 치고 파장이 되었다. 전날처럼 삼삼오오가 아니라 모두 라운지에서 뭉텅이로 함께 방으로 돌아갔다. 한밤중에 혼자서 방으로 돌아가거나 반대로 라운지에 남아 있거나 하는 것은 무서운 일이다. 공포심이란 것이 초식동물 무리들처럼 암묵의 통제를 구축하고 있었다.

그런 가운데 히라도는 솔선해서 계속 떠들고 있었다. 마치 말하고 있는 동안에는 야영 중의 모닥불이 계속 불타오르기라도 하는 것처럼. 이빨을 갈고 있는 육식동물이 가까이 오지 못하도록. 침묵은 어둠. 어둠은 공포. 누구나가 그것을 이해하고 있었으므로 분위기를 띄우고 즐겁게 맞장구를 치거나 화제를 넓히거나 하고 있었다.

둥그런 원을 만들어 와인을 비우고 있을 때 시선은 중심에 있는 히라도가 아니라 자연스레 치즈루를 향해간다. 역시 치즈루도 눈치를 채고 있는 듯하다. 조지의 정체를. 하지만 치즈루가 때때로 보이는 엉뚱한 발상, 행동, 그것이 화를 초래하지 않으면 좋으련만. 과연 치즈루가 단념해줄지, 불안했다. 조지의 한패는 아직 살아 있다. 담소 중인 얼굴은 해이해 보이지만 내심 사세보의 죽음으로 불안에 떨며 와인도 마시는 둥 마는 둥 필사적으로 귀를 기울이고 있을지도 모르는 것이다.

리드미컬한 빗방울 소리에 눈이 떠졌다. 어젯밤 마신 술 탓인지 끊임없이 내리는 빗소리가 아직 깨어나지 않은 몸을 괴롭힌다. 귀도 약간 아프다. 시계를 보니 벌써 열한시가 지났다. 숙취와 함께 3일째가 시작된다.

창문을 열자 거센 바람과 함께 엄청난 빗방울이 날아 들어왔다. 밝은 희망 없는 비, 비, 오로지 비뿐이다. 상황은 아무것도 변하지 않았다. 폭풍우 감옥에 갇힌 채 거친 비보라 때문에 점차 바깥세상이 뿌옇게 되는 기분이 든다.

다만 그런 상황에서도 바깥 공기를 접하니 조금은 해방

된 듯했다. 어제까지 가슴 한구석에 모닥불에 둘러싸인 것 같은 답답함이 있었다. 신경이 너무 예민해져 있는지도 모른다. 몽롱한 불안이 몸 전체로 스며든다. 공포에 농락당할 것 같은 초조함이 손끝까지 느껴진다.

과음 때문일까, 아니면 '조지'의 탓일까.

술을 깨려고 차가운 우롱차라도 마실까 해서 라운지로 내려가니 먼저 내려온 두 사람이 있었다. 히라도와 시마바라였다. 의자에서 몸을 쭉 내밀고 머리를 맞댄 채 둘이서 열심히 이야기에 열중하고 있다. TV에서는 리포터가 물이 계속 불어나고 있는 하천을 필사적인 모습으로 취재하고 있었는데 그 소리는 전혀 귀에 들어오지 않는 듯하다.

"무슨 이야기를 하고 있어요?"

그렇게 물으니 그제야 봤다는 듯이 힐끔 이쪽을 돌아보더니 곧바로 시선을 돌렸다. 조금 무례한 태도였다.

"만약에 여자가 숨어 있다면 그게 어디일지 생각하고 있어."

잠시 후 충혈된 눈으로 시마바라를 쳐다보며 히라도가 설명했다. 잠을 잘 못 잔 모양새다.

"그래서 좋은 장소는 발견했어요?"

"차고 정도밖에 없어. 비밀의 방이 있다면 몰라도. 어느 쪽이든 바로 연상될 법한 장소에는 없을 테지."

벌레라도 씹은 표정이다. 피부의 면적이 줄어들어 얼굴 전체가 수염으로 뒤덮일 것 같다.

"지극히 현실적인 답안이군요. 찾는 것은 포기했어요?"

"그런 게 아니야. 사고방식을 좀 바꿔보려고 해. ……신경 쓰이는 게 좀 있어."

그대로 입을 꾹 다문 채 열지 않는다. '신경 쓰이는'의 내용은 아직 비밀인 듯하다. 하릴없이 시마바라를 보았다.

"어제도 말씀드렸지만 만일 오무라 형의 이야기가 사실이라면 범인은 현관에서 들어왔을 가능성이 커요. 그렇게 되면 차고일 가능성도 크죠. 나중에 다시 가볼까요?"

어제 차고를 뒤졌을 때에는 사람의 낌새는 없었다. 하지만 어제 없었다고 해서 오늘도 없다는 보장은 없다.

"가지 군은 어제도 '오무라의 이야기가 사실이라면'이라고 가정을 붙였는데 말이야. 그렇게 오무라가 못 미더워?"

바로 히라도가 날카롭게 파고든다.

"아니, 아니에요. 오무라 형을 못 믿는 게 아니에요. 오무라 형의 증언 능력을 못 믿는 거라고요. 그러니까 차고에 숨어 있을 거라고는 사실은 눈곱만큼도 생각하지 않지만요"라며 시원스런 얼굴을 하고 말한다.

"정말 지독한 녀석이네. 차고에는 가볼 거면서 말이지."

중얼거리며 히라도는 카멜 담배에 불을 붙였다. 폐색감의 상징인 유리 천장에 담배 연기가 피어올랐다.

"내부자범행설을 지지하는 입장으로서 오무라 형은 속았다고 생각하고 있으니까요."

"또 한 명의 여자가 존재하는 것처럼 보여주기 위함인가. 하지만 오무라를 노리고 목격하게 했다는 걸 부정한 것은 너라고."

"음, 실제로 거기서 추리가 막혔거든요. 혹시 오무라 형이 방을 나올 타이밍을 알 수 있는 방법이 있다든가?"

"그만 포기하고 여자가 있다는 사실을 인정해버려."

비꼬는 웃음을 보이며 히라도가 부추긴다.

"다 됐어요."

금빛 닭 벼슬을 번쩍 쳐들고 시마바라가 반론하려고 하는 순간, 생기발랄한 목소리와 함께 부엌에서 치즈루가 나타났다. 오늘은 흰색과 보라색의 대조가 선명한 집사풍의 옷이다. 소맷부리와 옷자락에 있는 금실 라인이 원 포인트인 듯하다. 도대체 몇 벌을 들고 온 것일까. 가방은 하나뿐인 것 같더니. 치즈루는 안쪽에서 아침 식사를 준비하고 있었는지 가슴 앞에 들고 있는 쟁반에는 3인분의 베이컨

양상추 샌드위치와 아이스커피가 놓여 있었다.

"아, 한 명 늘었네요. 음, 그럼 먼저 제 것을 먹고 계세요. 다시 하나 만들 테니까."

치즈루는 능숙하게 잔 세 개를 테이블에 둔다. 물론 빨대와 크림도 잊지 않고.

"미안해, 가로채는 것 같아서."

"괜찮아요, 그 정도. 어차피 대충 만든 요리라서 그렇게 손이 많이 가지도 않아요. 게다가 저는 가장 후배니까."

치즈루는 어제와 같은 대사를 입에 담았다. 말과는 상반되게 눈동자에는 비굴한 기색 따위 티끌만큼도 없다.

"시마바라도 막내인데 말이야."

그렇게 말하고 시마바라를 보자 그가 민망하다는 듯 시선을 돌린다. 무신경한 것은 아닌 것 같다.

"그런데 히라도 형. 건물 뒤편은 어떻게 되어 있어요?"

화제를 바꾸기 위해서만은 아니겠지만 시마바라가 당돌하게 질문한다.

"뒤? 산이야. 이 건물은 산 표면을 파서 세웠잖아? 뒤뜰 같은 멋들어진 것은 없고 가장 북쪽은 모르타르*를 뿌려

---

● 시멘트와 모래를 물로 반죽한 것.

서 칠한 경사면과 거의 붙어 있지."

"하지만 약간의 틈은 있을 거 같은데요."

"뭐, 그렇지. 배수구가 있으니까 사람 한 명 정도는 지나갈 수 있어. 설마 그 얼마 되지도 않는 공간에 범인이 숨어 있다고 말하려는 건 아니겠지? 그럴 거면 숲속 나무 밑에 있는 편이 훨씬 편하다고."

"그게 아니에요. 다만 그 틈새가 통로가 되어서 건물 측이나 혹은 경사면 측에 조그만 창고 같은 거라도 없을까 하고 생각한 거예요. 청소용구 등을 넣어두려고 헛간을 건물 밖에 설치하는 것은 흔히 있는 일인 데다, 그런 것은 정면에서 보이지 않는 장소에 세우는 법이잖아요. 또 사세보 선배도 창고 같은 것은 일부러 설명하지 않을 테고."

"작년에는 나도 뒤쪽까지 세세히 본 것은 아니니까 그런 장소가 없다고는 딱 잘라 말할 수 없지만. 뭐 거기도 이따가 확인해볼까. 그런데 내부자범행설을 주장하는 가지 군이 어째서 은신처라는 제안을 하지?"

그렇게 말하고 별일이라는 듯이 시마바라를 바라본다.

"범인이 자기 방에 둘 수 없는 물건을 치워두었을 가능성도 있잖아요."

"음, 그렇군. 납득했어."

히라도가 빙긋이 웃었을 때 입구 쪽에서 오무라가 졸린 얼굴로 나타났다. "안녕" 하며 나직이 인사를 하고 그대로 안쪽으로 지나가려 한다.

"어디 가는 거야, 오무라?"

"목욕탕이요."

히라도가 불러 세우자, 쉰 목소리로 대답하고 안쪽으로 사라져 간다. 커다란 하품을 하나 남기고. 욕실 서쪽 벽에는 전망용 거대 유리가 끼워져 있어서 아래쪽에 펼쳐진 원생림을 조망할 수 있도록 되어 있다. 절경까지는 아니지만 어느 정도 노천 기분을 맛볼 수 있다. 운이 좋으면 반디가 빛나는 것도 볼 수 있다고 한다. 다만 유리 창문은 전망이 좋은 대신에 무섭기도 하다. 안에서 볼 수 있다는 건 밖에서도 볼 수 있다는 것이기 때문이다. 밤의 어둠 저편에서 있지도 않은 누군가에게 감시당하고 있는 것이 아닌가 하는 공포. 평소라면 여자도 아니고 신경도 쓰지 않겠지만, 지금은 상황이 전혀 다르다. 범인이 엿보고 있을지도 모르는 것이다.

창문에 블라인드가 있기는 하지만 설령 블라인드를 내렸다고 해서 안심할 수는 없다. 오히려 블라인드 바로 저편에서 유리에 찰싹 붙어서 엿보고 있는 게 아닌가 하고 쓸데없는 상상마저 불러일으켜 오히려 더 무섭다. 무서워서 눈을 감은 것까지는 좋은데 이번에는 눈을 뜨는 것이 무서워지는 것과 같은 심리이다.

그런 점에서 낮이라면 그나마 조금 낫다고 할 수 있다. 우천이기는 하지만 밝은 실외가 안심이 된다. 특히 오무라는 그런 체험을 한 뒤라서 당연한 행동이라고도 할 수 있다. 온수는 필터 순환식이라서 따로 데우지 않더라도 24시간 항상 입욕할 수 있도록 되어 있다.

"그러고 보니 나도 목욕을 안 했네."

"이왕 씻는 거 그 더러운 옷도 좀 빨아주세요."

술 냄새 나는 셔츠를 킁킁거리면서 히라도가 중얼대자, 안쪽에서 치즈루가 말을 건넨다.

"바보 같은 소리 하지 마. 그 동안 나는 대체 뭘 입고 있으라고?"

"그거 한 벌밖에 안 갖고 왔어요?"

놀란 것은 시마바라. 그도 치즈루만큼은 아니지만 셔츠를 자주 갈아입고 있다. 모두 비슷한 무늬의 알로하셔츠이지만 기본 색깔은 다르다. 오늘은 하늘색이다.

"왜? 뭐 문제 있어?"

골 난 표정으로 히라도가 대답했을 때 말없이 오무라가

돌아왔다. 라운지를 지나간 지 2분도 채 지나지 않았다.

"잠깐만요, 오무라 선배! 뭐하는 짓이에요!"

오무라의 모습을 본 치즈루가 찢어질 듯한 비명 같은 소리를 질렀다. 무리도 아니다. 오무라는 전라였다. 옷도 팬티도 실오라기 하나 몸에 걸치지 않은, 안경 이외에는 알몸이다. 욕조에 들어갔다 나온 것이 아니라는 것은 몸에 물이 젖지 않은 것으로도 알 수 있다.

"몰랐는데, 너한테 노출증이 있었다니. 그런데 대담하다. 술 마신 것도 아닌데."

히라도가 어안이 벙벙해서 말을 건넨다. 하지만 오무라는 라운지 입구에서 걸음을 멈추고 입을 다물고 있다.

"또 뭔가 있었어?"

"여자……, 여자. 여자, 여자, 여자."

천천히 손을 올려 욕실 쪽을 가리킨다. 자세히 보니 무섭다고 소란 피울 기력조차 없을 정도로 얼굴이 창백해져 있었다.

"또 여자야? 너도 참 익숙해질 때가 됐는데 말이야. 그런 차림으로 여자, 여자 외치면 변태로밖에 안 보인다고."

그러나 여전히 쉰 목소리로 "여자, 여자" 하며 중얼거리고 있을 뿐이다.

"⋯⋯중증인데."

투덜거리며 히라도가 선두에 서서 욕실로 향했다. 팔중
주단에는 여자가 있었던 까닭에, 욕실과 화장실은 모두 남
자용과 여자용으로 나뉘어 있다. 욕실은 개인 집치고는 큰
편으로, 검은 대리석 타일을 두른 욕조는 서너 명은 한꺼
번에 들어갈 수 있을 정도의 넓이이다. 유리창이 있어선지
오히려 혼자라면 다소 쓸쓸하게 느껴질 정도이다. 욕조와
복도 사이에는 탈의실이 있다. 탈의실에는 거울과 드라이
어, 세면대 그리고 긴 의자가 두 개. 대중목욕탕의 그것과
크게 다를 바 없다. 넓이는 긴 의자 옆에서 라디오체조를
안 부딪히고 할 수 있을 정도의 공간.

복도에 두 개 늘어선 욕실 중에 안쪽 탈의실의 문은 크
게 개방되어, 흰 김이 새어나오고 있다. 틀림없이 욕실 쪽
문도 열린 채일 것이다. 오무라가 동요하는 것도 알 법하
다. 입구에 다가가자 욕실 천장의 물방울이 똑똑 하며 욕
조에 떨어지는 소리가 들려온다. 밤이라면 확실히 무서울
것이다.

"어디 보자, 아무도 없잖아."

문간에 손을 걸치고 탈의실을 빼꼼히 들여다보던 히라
도가 뒤돌아본다.

54

"있는 것은 네 꾀죄죄한 옷밖에 없다고."

"그 안쪽이요."

제일 마지막 줄에 서 있던 오무라가 작은 소리로 대답했다. 아직 벌거벗은 채다. 공포가 수치심을 때려눕혔는지 나체족처럼 당당하다. 바로 앞 치즈루의 목덜미에는 결코 뒤돌아보지 않겠다는 의식 때문인지 힘줄이 두 줄 튀어나왔다.

"욕조 쪽인가?"

그 소리와 함께 히라도의 모습이 사라진다.

"조심하세요."

시마바라가 소리를 친다.

"뭐가 나올지 모르니까."

"……이것 참 대단한데."

탈의실에서부터 히라도가 감탄하는 소리가 들려왔다. 태연한 것 같기도 하고 긴장한 것 같기도 한, 어느 쪽으로도 들리는 미묘한 소리였다.

"어떻게 됐어요?"

시마바라도 탈의실 안으로 사라진다. 그리고 침묵이 이어졌다.

서둘러 뒤를 따라 들어간다. 두 사람의 모습은 탈의실

이 아니라 욕조 쪽인 듯하다. 급히 욕조 입구까지 갔더니 숨이 막힐 듯 향수 냄새가 진동했다. 증기에 더해져서 날카롭게 코를 찌른다. 이 냄새로 기억하는 바가 있다. 그것은 분명 사세보의 침실이었다.

"뭐예요, 이 냄새?"

몸을 씻는 곳에서 장승처럼 우뚝 서 있던 두 사람의 등은 아무런 반응도 보이지 않는다. 등 사이로 욕조를 들여다보니 검은 빛이 나는 수면에 수십 개의 긴 머리카락이 흔들거리며 떠 있었다. 탁한 연못에 쌓이는 녹조처럼 크게 퍼져 있다. 모발, 그것도 긴 머리카락은 이상하게도 광택이 다른지 휘는 정도가 다른지 모르겠지만 실 같은 것과는 한눈에 구별된다. 욕조에 흉측하게 떠 있던 것은 분명 사람의 긴 머리카락이었다.

"언제부터 여기가 유원지의 호러하우스가 되었지?"

그렇게 중얼대는 히라도의 눈은 욕조의 머리카락이 아니라 서쪽의 커다란 유리창을 향해 있었다. 블라인드가 올라가 있기 때문에 건물보다 한층 낮은 원생림을 내려다볼 수 있다. 지금은 비가 와서 어둑하지만 날씨가 좋으면 푸른 잎이 무성한 조망이 눈과 마음을 맑게 해주는 자연의 파노라마이다. 하지만 히라도의 시선은 깊숙한 안쪽의 경치가 아니라 유리 그 자체에 향해 있다.

모두의 시선도 그쪽을 향했다.

'용서하지 않겠다.'

안쪽에서 빨간 색으로 쓰여 있다.

"피예요?"

시마바라가 묻자 가까이 다가가 창문에 얼굴을 갖다 대고 있던 히라도가 대답했다.

"아닌 것 같아. 색깔이 지나치게 예쁜데."

피같이 철분을 포함한 어둡고 탁한 색이 아니라 끝없이 맑고 선명한 선홍색이다.

"매직펜이에요?"

히라도는 또다시 고개를 설레설레한다.

"아니, 글자가 두툼히 부풀어 올라있으니까 더욱 점성이 높은 것……. 아마 립스틱이겠지."

"립스틱?"

"또 여자야?"

시마바라가 내뱉는다. 그의 추리에 있어서는 가장 거슬리는 존재이다.

"자, 그럼 이 머리카락도……."

욕조에 떠 있는 긴 머리카락. 쇼트커트인 치즈루보다도

히라도의 쑥대머리보다도 몇 배는 더 길다. 아킬리즈 멤버의 머리카락이 아닌 건 확실했다.

"굉장한 양이네요."

"아니야, 겉보기에는 많아 보이지만 별로 많지 않아. 이발소에서 바닥에 흐트러져 있는 자신의 머리카락의 양에 깜짝 놀라는 일이 있잖아? 그것과 마찬가지야."

아무런 거리낌 없이 스윽 하고 건져 올린다. 물에서 건져 올리니 확실히 소량으로, 한 움큼 정도이다.

"무섭지 않아요?"

"머리카락은 귀신도 뭐도 아니고 실체니까. 인간이 한 짓일 테지."

착 달라붙은 머리카락을 세면대로 옮긴다. 뚝 하고 세면대에 천장의 물방울이 떨어진다.

"역시나 여자가 있는 거예요?"

어깨 너머로 엿보고 있던 치즈루가 묻는다. 말투는 천진난만하지만 눈빛은 진지하다.

"너무 노골적인 것 같지 않아요? 자신의 머리카락을 자르다니……."

그에 반해 시마바라의 말투는 명백하게 회의적이다.

"여자가 이렇고 저렇고를 떠나서 사건 발생 후 처음으

로 직접적인 행동에 나선 셈이다. 오무라 건은 예외로 하더라도. 이것으로 누군가가 지금 현재 파이어플라이관에 숨어 있는 것은 확정된 것 같군."

"'숨어 있다'보다 '있다'라고 하는 편이 어폐가 없겠죠."

"그런 건 아무래도 좋아. 문제는 표현이 아니라 무엇 때문에 일부러 어폈했느냐니까."

"막다른 지경까지 몰렸잖아요. 분명히. 다리가 부러져서 도망치질 못했으니까."

오무라가 나지막하게 대답했다. 조금은 안정을 되찾았는지 그나마 팬티는 걸친 것 같다.

"그렇다고 하는 것은 우리들의 수색에 의미가 있었다는 것이군요."

시마바라가 의미심장하게 말했다. 그 나름대로 생각하는 바가 있는 듯하다. 입언저리가 가볍게 희색을 띤다.

"범인을 몰아넣는 것이 좋은 방법인지 어떤지 아직 결론은 나지 않았지만. 뭐 어쨌든 라운지로 돌아가자. 경고했다고 하는 것은 지금 바로 공격할 마음은 없다는 것이니까. 레드 카드가 아니라 옐로우 카드야. 게다가 마츠우라가 힘들게 타준 커피가 다 식어버리니까. 아, 오무라. 머리카락은 치웠으니까 이제 들어가도 괜찮아."

"무슨 얼토당토않은 소리예요. 싫어요."

오무라가 세차게 고개를 저었다. 언제나처럼 쉰 목소리가 아니라 더할 나위 없을 것 같은 다부진 목소리였다.

그래서 결국 사용하지 않던 앞쪽 욕실에 물을 받아서 쓰기로 했다. 당연한 조치다. 모발과 주홍글씨는 현장 보존을 위해 그대로 남겨두었다. 숨이 막힐 듯한 향수 냄새도 당분간은 사라지지 않을 것이다. 어젯밤 열 시 이후에 욕조를 본 사람이 없어서 심야에 행해졌을 것이라는 결론에 도달했을 뿐이다. 전원을 끄고 어두운 탈의실의 문이 닫혔다. 물론 열쇠는 없고 손가락 하나로도 열 수 있지만, 모두의 마음속에서는 통나무 빗장이 단단히 걸려 있을 것이다. 마치 열리지 않는 문인 것처럼 화근이 될 만한 것을 몽땅 봉인해버린 형태이다. 반디의 방. 사세보의 서재 및 침실. 그리고 욕실. 시간이 지날수록 확실히 열리지 않는 문이 늘어난다. 파이어플라이관이 흡사 피비린내 나는 암흑으로 점점 침식되는 것처럼.

오무라로 말하자면, 옆으로 옮겼다고 해서 그리 쉽게 공포가 사라질 리도 없고 거의 울다시피 매달려서 입욕하는 동안에 치즈루에게 복도의 망을 보게 했다. 이래 가지고서는 어느 쪽이 선배인지 모르겠지만 순순히 부탁을 들어주는 것이 치즈루뿐이었기 때문에 어쩔 수 없다. 덕분에 남은 식사 준비가 늦어져 모든 것이 끝나고 식기를 치우기 시작한 것이 두 시 가까이 되어서였다.

주방에서 치즈루를 도와 식기를 스펀지로 닦고 있자니 히라도가 어깨를 툭 쳤다. 어느 샌가 목욕을 했는지 아침 나절보다도 훨씬 깔끔해 보인다. 깔끔하지 못했던 수염도 삐침 없이 매끈하다.

"왜 그러세요?"

"잠깐 와봐."

어울리지 않는 작은 목소리로 그렇게 속삭였다. 좀 떨어진 곳에서 식기건조기에 접시를 넣고 있는 치즈루에게는 들리지 않게 하려는 속셈 같다.

치즈루에게 양해를 구하고 주방을 나선다. 라운지에는 시마바라가 기다리고 있었다. 그 외에는 아무도 없다. 역시 탐정 놀이를 재개하려는 것 같다. 도발을 당하고서 가만히 있을 사람이 아닌 것은 분명하다.

"이번에는 어디로 가는 거예요?"

아까의 그 욕실인가 하고 생각했으나 뜻밖에도 히라도
는 홀로 나와서 2층으로 올라갔다. 복도를 오른쪽으로 꺾
어 그대로 가장 안쪽에 있는 반디의 방으로 들어갔다.

"아까 확인해보러 왔었어. 범인이 설령 소량이라고는
해도 자신의 머리카락을 자르리라고는 생각하기 힘들어.
그럼 어디서 조달했을까 하고 말이야. 그래서 예의 그 밀
랍인형에 생각이 미쳤는데……."

안으로 이어지는 문의 손잡이에 손을 대고서 히라도는
설명했다.

"아니었어요?"

"뭐. 아니야, 보는 편이 빨라."

그렇게 말하고 히라도는 조명을 키고 창고의 커튼을 열
어 젖혔다. 쭉 서 있는 밸런타인 팔중주단의 면면. 밀랍으
로 굳어진 얼굴이 하나, 둘, 셋, 넷……. 하나가 부족했다.
아니, 다리도 팔도 다섯 쌍, 몸도 다섯 구가 있다. 마지막
한 구도 어깨까지는 있다. 다만 얼굴만이 없었다. 뚝 떨어
진 것이 아니다. 바닥 어디에도 목은 굴러다니고 있지 않
다. 목만 들고 가버린 것이다. 그 목 없는 인형은 얇은 네
글리제를 몸에 두르고 있다.

사라진 것은 고마츠 교코의 목이었다.

"역시 이 인형의 머리카락을?"

"그럴지도 모르겠지만 아무리 생각해도 이해가 안 가. 머리카락을 자른 것을 숨기기 위해서 목을 훔쳤다고 해도 이렇게 되면 범인 스스로 머리카락은 가짜라고 주장하는 꼴이야."

확실히 그렇다. 여자 따위, 나아가서는 외부 침입자 같은 것은 없다고 스스로 무덤을 파고 있는 것이다. 범인의 생각이 너무 얕은 건지 아니면 다른 의도가 숨겨져 있는 건지 외부자설의 히라도로서는 특히 골치가 아픈 부분일 것이다.

"범인이 이 인형이 아직 우리들에게 발견되지 않았다고 생각하고 있을 가능성은?"

금방 부정당할 이야기를 꺼내보았다.

"그런 거면 일부러 훔칠 필요도 없잖아."

역시 히라도가 단호히 부정했다.

"어느 쪽이든 내가 멍청했어. 열쇠를 잠가두지도 않았고. 뭐, 열 수는 있어도 잠그는 기술은 없으니까 어떻게 해볼 수가 없지만. 아니면 머리카락 이외에 우리들이 놓치고 있는 무언가가 이 인형에 남아 있을지도 몰라."

"고마츠 교코의 인형에만요?"

"혹은 이 사건에 고마츠 교코가 관여하고 있다거나?"

고개를 갸웃하면서 히라도가 중얼댔다.

"설마 고마츠 교코 본인이 이 인형의 존재를 알게 되자 화가 난 나머지 훔쳐서 유기했다? 그것을 알리기 위해서 욕조에 인형의 머리카락을 띄워놓았다. 이거라면 '용서하지 않겠다'는 글씨하고도 앞뒤가 맞아. 그것도 아니라면…… 가가 게이지가 이 인형을 발견하고 사랑하는 고마츠 교코의 머리만을 가지고 사라졌다든가."

"제정신이세요? 히라도 형?"

엉겁결에 어깨를 붙잡고 말을 가로막았다.

"그러게. 정말 이상해지고 있는지도 몰라."

히라도는 아랫입술을 깨물며 대답했다.

"우리들은 무엇을 놓치고 있었던 걸까. 가지 군은 이걸 어떻게 생각해?"

시마바라는 인형에서 시선을 떼지 않고 팔짱을 낀 채로 계속 입을 다물고 있었다. 보기 드문 일이다.

"잘 모르겠네요."

의외로 시마바라답지 않은 대답이 돌아왔다. 내부자설을 어필할 절호의 기회인데도 볼을 푹 꺼트린 채 난색을 취하며 인형의 흉부를 노려보고 있을 뿐이다.

"이것이 얼마나 중요한지도 모르겠네요. 단순한 위장에 지나지 않을지도 모르고요."

"가지 군치고는 왠지 소극적인 의견인걸."

히라도도 김이 빠진 눈치인지 낙담한 기색을 숨기지 않는다. 하지만 시마바라는 나직이 말을 이어나갔다.

"'용서하지 않겠다'는 글자도 마찬가지로 우리를 현혹시키려는 가능성도 있는 거니까, 너무 중요하게 생각하지 않는 게 좋을 것 같아요."

그때 갑자기 등 뒤에서 소리가 났다.

"또 무언가 있었어요?"

치즈루였다. 어깨 너머로 이쪽을 엿보려 한다.

"아, 이런 곳에 밀랍 인형이 있었단 말이에요? 이렇게나 많이. 전혀 눈치채지 못했어요."

이런 분위기에 어울리지 않는 마치 과자 집을 눈앞에 두고 있는 듯한 순진한 목소리다.

"전혀 눈치채지 못했다니, 마츠우라도 여기 온 적 있던 거야?"

당황해서 캐묻자 입가를 일그러뜨리며 아차 하는 얼굴로 바뀌었다.

"아침나절에 잠깐 들여다보았을 뿐이에요. 하지만 그때는 커튼이 쳐져 있어서……."

"혼자서?"

"……네."

"앞질러 가면 안 돼."

그렇게 화내자 치즈루는 입을 다물었다. 그리고 성난 눈초리로 쏘아붙였다.

"하지만 멋대로 행동한 건 저뿐만이 아니라고요……."

"무슨 말이야?"

히라도가 물었다.

"다른 누군가가 또 서성거리고 있었다는 건가?"

"그게 그러니까 시마바라도 반디의 방에 혼자서 갔단 말이에요."

"안 갔어."

시마바라가 순식간에 부정했다. 다만 목소리가 미묘하게 상기되어 있다. 보아하니 당황하는 기색이 역력하다. 아주 드문 반응이다. 사세보의 사체를 검사할 때도 욕조의 머리카락을 봤을 때도 침착했었는데 말이다.

"그렇지만 내가 이 두 눈으로 똑똑히 봤다고. 오늘 아침 열 시쯤에 시마바라가 반디의 방으로 들어가는 것을. 그래서 뭐가 있지 하고 시마바라가 나간 다음에 나도 들어가 본 거야. 반디 말고는 아무것도 발견하지 못했지만."

치즈루는 강조하듯 양손으로 안경테를 잡고서 말했다.

"진짜야? 시마바라?"

히라도가 추궁한다. 눈빛이 전에 없이 엄하다. 거짓은 용서하지 않겠다는 무언의 기백이 동공에 가득 차 있다.

"네."

시마바라가 마지못해 인정은 했지만 고개를 숙인 채 작은 목소리로 해명한다.

"……비밀의 통로를 찾을 단서가 없을까 해서 알아보려 했던 거예요. 제 가설대로라면 꼭 이 위치에 있어야 했으니까요. 아침 이른 시각이라 굳이 히라도 형을 깨우는 것도 망설여졌고, 누구보다도 빨리 발견하고 싶은 욕심도 있었어요."

"그래서, 그때는 인형은 아직 망가지지 않고 그대로 남아 있었어?"

"모르겠어요. 인형에는 전혀 신경을 쓰지 않아서. 커튼도 닫혀 있었고. 목적은 통로였으니까요."

"그래서 통로는 찾았어?"

"찾았다면 제일 먼저 보고했겠죠."

눈에 힘을 주고 히라도를 바라본다. 아무래도 거짓말은 아닌 것 같다. 흐음 하고 히라도는 수긍하는 것 같더니 치즈루를 보며 말했다.

"뭐, 나도 혼자서 확인하러 갔었고 하니 심하게는 야단치지 않겠지만……. 혹시 흥미 있으면 같이 행동할까?"

"그건 사양하겠어요. 잠깐 호기심이 살짝 고개를 들었던 것뿐이니까."

치즈루는 기특한 대답을 한다. 하지만 본심은 의심스러웠다. 어젯밤 그렇게 충고를 들어놓고 다음 날 아침에는 벌써 단독행동을 하고 있다. 설사 시마바라의 행동에서 촉발되었다고 하더라도 그 정도로 간단하게 브레이크가 풀리다니. 앞으로도 그 값싼 브레이크는 종종 풀릴 것 같은 분위기다. 조지의 공범자는 아직 이 저택에 있다는데도……. 이 이상 희생자를 보고 싶지 않다. 츠구미도 결코 기뻐하지 않을 것이다.

"히라도 선배는 사세보 선배와 가까우니까"라고 하던 치즈루의 지난 밤 이야기를 생각해냈다. 동감이긴 하지만 그런 이유로 치즈루는 히라도를 경계하고 있을 것이다. 치즈루에게 있어서 사세보를 죽인, 즉 조지를 죽인 범인은 같은 편일지도 모르기 때문이다.

그런 치즈루의 말을 히라도가 액면 그대로 받아들였는지 어떤지는 알 수 없었다. "조심해"라고만 말하고 이번에는 시마바라를 향했다.

"그러고 보니 고마츠 교코의 방은 가지 군 방이었지? 잠깐 가봐도 될까?"

"괜찮긴 하지만, 어째서죠? 설마 저를 의심하고 있는 거예요? ……무리는 아니지만."

입꼬리를 씰룩거리며 시마바라가 말했다. 의혹에 대해 저항하려는 것 같지도 않다. 오히려 일종의 체념을 하고 있는 느낌이다.

"멍청이. 나는 외부자설의 신봉자라는 것을 잊었어? 다만 네가 말하듯이 여자 냄새가 너무 진한 것 같긴 해. 결국 범인은 남자일지도 몰라. 하지만 머리카락은 그렇다 치더라도 립스틱이나 여자 향수는 남자가 바로 조달할 수 있는 물건이 아니야. 그래서 어디라면 조달할 수 있을지 생각해보았지."

"그렇다고 왜 고마츠 교코의 방에?"

"둔하구나. 사세보 형 성격에 현장은 당시와 조금도 다르지 않게 만들었을 거라고. 고마츠 교코의 화장 도구도 갖추어놓았을 거야."

"역시 제가 수상하다는 것인가요?"

시마바라는 의아하다는 듯이 히라도를 다시 본다. 하지만 그는 태연하게 대답했다.

"범인이 마스터키를 소지하고 있을 가능성이 크잖아?"

"아이러니하네요. 내부자설을 주장하면 제가 가장 수상쩍은 인물이 되어버리는 것이. 하지만 괜찮아요. 조금 전 일도 있고 괜히 숨기고 있는 게 있다고 의심받기도 싫으니까. 될 수 있으면 시간을 두지 말고 지금 바로 조사해주세요. 문자 그대로 무언가를 은폐(隱蔽)할 틈조차 주지 않도록 말이죠."

체념한 듯이 시마바라는 알로하셔츠를 걸친 어깨를 움츠렸다.

## 11. 제2번 7월 17일 오후 2시 20분

시마바라의 요청대로 반디의 방을 나선 김에 히라도를 선두로 고마츠 교코의 방으로 향했다. 복도를 한 바퀴 빙 돈다. 치즈루가 자신은 참가하지 않겠다며 주방으로 돌아 갔다. 이것도 주장한 대로이다. 결국 지금까지와 같은 이 등변삼각형 꼴이다.

시마바라의 방은 깨끗하게 정돈되어 있었다. 이불이며 시트며 취침 전처럼 세트되어 있고, 잠옷용 트레이닝복은 이불 위에 깔끔하게 접혀 있다. 물론 속옷이나 과자가 어 지럽혀져 있지도 않다. 가정교육이 잘된 건지 꼼꼼한 건지 튀는 복장과는 대조적이다.

"가지 군은 호텔에서 시트 가는 아르바이트라도 한 적 있어?"

히라도가 감탄하며 사이드보드의 서랍을 열자, 안에서 가죽으로 된 메이크업 박스가 나왔다. 윤기가 도는 네이비 블루이다. 잠금고리에는 KK라는 대문자 이니셜까지 새겨져 있다. 상자 안에는 고급스런 화장품과 함께 명품 립스틱이 세 개 있었다.

"빙고!"

히라도는 아저씨 같은 말투로 월계수가 새겨진 뚜껑을 열었다. 그러나 인육을 먹은 것 같은 만면의 미소는 바로 낙담으로 바뀌었다. 색깔이 달랐기 때문이다. 욕실의 글자는 밝은 핑크빛이 감도는 빨강이었던 데 반해서 립스틱은 진한 적자색이었다. 다른 두 개도 미묘하게 달랐는데 모두 보라색 계통의 무거운 색이다.

"내가 바보짓을 했군. 고마츠 교코의 밀랍인형 입술도 똑같은 적자색이었어."

뾰족한 립스틱 끝을 보며 히라도는 자신의 뒤통수를 두드렸다. 꽤나 분한 듯하다.

"어쩌면 립스틱이 하나 더 들어 있었을지도 모르잖아요. 그게 핑크였다거나."

시험 삼아 생각을 말해보았다.

"아뇨, 그저께 밤에 봤을 때도 립스틱은 세 개였어요. 틀림없어요."

시마바라가 냉정하게 반론한다.

"증인이 저라는 것이 난점이지만요."

"그럼 밀랍인형이 하나 휴대하고 있다거나?"

그러자 이번에는 히라도가 싱겁게 부정했다.

"어제 봤을 때는 그런 것은 갖고 있지 않았어. 인형의 지문을 보려고 조사했기 때문에 기억하고 있어. 그리고 네 글리제만 입고 립스틱은 보통 휴대하지 않지. 설사 갖고 있었다고 해도 입술 색깔과 다른 것은 부자연스럽잖아. 철저한 사세보 형이 그런 경솔한 실수를 하리라고는 생각하지 않아."

"정말 그렇군요. 자, 그럼 역시 여자가 있는 거네요."

이것에는 시마바라가 난색을 표했다. '외부 여자'는 그에게 불필요한 요소이니까 어쩔 수 없다. 그래도 답을 짜내려고 침대에 걸터앉은 채로 뾰족한 머리를 좌우로 흔들고 있다가 말했다.

"사세보 선배의 애인이 전날까지 파이어플라이관에 있었다는 것은 인정할게요. 하지만 당일에는 이미 돌아가고 없었어요. 립스틱은 그녀가 놓고 간 것이고요. 흔히 세면대에 자신의 칫솔을 깜박하듯이 화장 도구를 남기고 돌아갔을지도 모르죠. 머리카락은, 맞아요, 가발이에요. 범인은 침실에 있던 그것들을 이용했어요."

"그럴듯하군."

턱수염을 만지작거리며 히라도가 감탄스럽다는 표정을 보인다.

"그것으로 일련의 이야기가 맞아떨어지는군. 그럼 지문은 어떻게 설명하지?"

"어제도 말씀드렸지만 살인범이 그렇게 눈에 띄는 곳에만 지문을 남겼다고는 생각하기 힘들어요. 일부러 발견되도록 남겼다는 게 아니라면. 그래서 제 생각엔 그 지문의 주인 말인데요⋯⋯. 저는 가가 게이지의 것이 아닐까 생각해요."

"뭐라고? 이것 또 크게 나오시네."

"사세보 선배는 보시다시피 가가 마니아였어요. 피해자의 정교한 밀랍 인형까지 만들 정도니까. 일곱 구가 다 갖추어진 날에는 각 방에 진열할 생각이었잖아요. 그래서 인형을 보고 퍼뜩 생각이 났어요. 옷에는 선혈이 리얼하게 부착되어 있었지만 단검 자루는 깨끗했던 것이."

"그건 아직 미완성이라서 그런 것 아닌가?"

"저도 그렇게 생각해요. 그러니까 단검 자루에는 피투성이의 지문이 찍혀질 예정이 아니었나 하고 의심하는 거죠. 발광했던 가가 게이지가 자신의 지문을 신경 썼을 리는 없어요. 단검뿐만이 아니라 현장이었던 방의 벽에도 지문이나 장문(掌紋)이 처덕처덕 남아 있었을 거라고요. 그렇다고 한다면, 파이어플라이관 복원을 위해서는 가가의 지문은 필수불가결한 아이템이 되는 셈이죠. 그러니 만들어낸 선혈로 지문 같은 것을 찍을 계획이라면 지문이나 장문이 새겨진 양손의 모형, 말하자면 스탬프를 만들어두었다고 해도 이상하지 않아요."

"결국 범인은 그 모형을 사용해서 깃에 지문을 찍었다는 거지?"

"허접한 지문보다는 그 편이 더 납득이 가지 않아요?"

"손의 모형 말이지. 그렇게 딱딱 들어맞는 게 있을지 어떨지."

히라도는 반신반의하는 모습이다.

"저는 있었다고 생각해요. 사세보 선배라는 사람은 완벽한 재현을 위해서라면 그 정도는 만들 수도 있는 사람 아닌가요?"

히라도와 달리 시마바라는 자신이 있는지 꽤나 도전적이다. 먹잇감을 노리는 고양이과 동물 같은 눈으로 히라도를 응시한다.

"알겠어, 알겠다고. 하지만 가가의 지문을 조사할 기술은 여기에 없으니. 경찰에는 제대로 남아 있겠지만 확실해질 때까지는 스탬프설의 가능성도 있는 셈이다. 이렇게 되면 나도 탐정으로서 좀 더 실력을 보여주지 않으면 안 되는 거잖아. ……실은 하나 있어. 들려주고 싶은 것이."

이번에는 히라도가 자신만만하게 미소를 지었다.

히라도의 방은 다른 방에 비해 다소 허름한 인상이 있었다. 내장이나 조명이 망가진 것도 아니고, 그렇다고 실내가 특별히 더러운 것도 아니다. 이유는 명확했다. 어질러진 침대와 벗어둔 채 뒹굴고 있는 상의와 타월 등이 정돈이라는 단어를 잊어버리기라도 한 듯 난잡하게 방치되어 있었던 것이다.

둘러보니 맥주 캔과 정종까지 침대 옆에 나뒹굴고 있

다. 사세보가 심혈을 기울여 재현한 건물임에도 불구하고. 처음부터 신경 쓰지 않았던 것인지, 사세보가 죽었기 때문에 스스럼없게 된 것인지는 알 수 없다.

시마바라의 방이 너무 깔끔했기 때문에 한층 더 지저분해 보인다.

"심하네요. 작년에도 이런 분위기였어요?"

가벼운 혐오감을 보이며 시마바라가 물었다.

"돌아가기 전에는 제대로 정리했다고."

사세보의 죽음과 너저분함은 관계가 없는 듯하다.

"올해도 깔끔히 정리하실 거예요?"

"당연하지. 떠나는 새는 머물러 있던 곳을 더럽히지 않는다는 말도 있잖아. 저세상에서 사세보 형이 보고 있으니까 말이야."

어디까지가 진심인지 모르겠다. 다만 지적을 받고 조금은 신경이 쓰였나 보다. 방 한가운데 옆으로 넘어져 있던 가방을 주워서 침대 옆에 살짝 놓았다. 그리고 비치품인 컴포넌트에 가까이 가더니 난잡하게 쌓여 있던 CD 중에서 가장 위의 케이스를 집었다.

"뭐, 그런 것보다는 이것을 들어줘."

턴테이블을 열고 CD를 넣는다. CD 표면에는 라벨이 없이 2라고만 쓰여 있다.


다카다카다 · 다—다 · 다카다카단
다카다카다 · 다—다 · 다카다카단


들어본 적이 있는 모차르트 풍의 멜로디가 스피커에서 흘러나왔다. 가가 게이지의 팔중주곡 제1번의 테마. 그런데 어딘가 다르다.

"이것은?"

말을 꺼내려고 했으나, 쉿 하고 히라도가 제지했다.

요전에는 바이올린이 명랑하게 연주했었다. 이윽고 넋두리처럼 변해가지만 첫 부분은 명랑했다. 하지만 이번 것은 다르다. 같은 바이올린 솔로로 시작하지만 처음부터 우울하게 넋두리를 풀어놓는다. 게다가 중간에 더해진 비올라와 첼로는 서로 맞추는 기색도 없이 그저 제멋대로의 템포로 그 멜로디를 연주하고 있다. 비올라는 성급하고 히스테릭하게, 첼로는 슬로 템포로 띄엄띄엄 단속적이다. 흡사 선천적으로 성격이 어둡고 제멋대로인 세 명의 모차르트가 있는 느낌이다.

이윽고 악기끼리가 아니라 연주자끼리 미묘하게 멜로디

가 어긋나기 시작한다. 결국 제멋대로인 채로 여덟 성부로 분열되어 카오스 상태를 음울하게 연출한 다음 제1악장은 수습이 되지 않는 상태로 끝났다.

이어서 제2악장. 제멋대로인 연주자들이 미묘하게 푸념을 늘어놓는다. 그리고 기묘하게 단조로운 코랄풍 제3악장이 계속된다. 드물게 시종일관 온화한 분위기 속에서 익숙하지 않은 짧은 멜로디가 갑자기 나타나서는 그 멜로디의 바로 뒤를 계속해서 뒤쫓아 비올라로 연주해간다. 이 악장만큼은 다른 곡을 듣고 있는 듯하다. 그리고 제4악장에 들어간 순간 카오스가 재발했다. 5분 후 갑자기 무언가에 강요당한 것처럼 처음으로 전원의 연주가 맞아들어 떠들썩하고 명랑한 곡조가 된다.

다카다카다 · 다—다 · 다카다카단

그리고 조증(躁症) 상태는 허무하게 끝나버렸다. 마치 다 타버린 향의 최후처럼.

"뭐라고 생각해?"

뭐라 형언할 수 없는 여운 속에서 히라도가 조용하게 묻는다.

"분명 가가 게이지의 현악 팔중주곡 제2번이겠죠. 〈찬가〉라는 이름이 붙어 있을."

차분한 얼굴로 시마바라가 입을 열었다. 하지만 차분한 것은 얼굴뿐이고 목소리는 명백하게 상기되어 있다.

"역시 가지 군도 그렇게 생각해? 분명히 그렇겠지?"

"그런데 어디에서 이런 것을? 제2번은 확실히 미완성인 채로 파기되었던 것이 아니었어요?"

"파기되었다고 하는 것은 악보가 발견되지 않았기 때문에 생긴 설에 지나지 않아. 이 CD는 서재의 CD랙 안에 진열되어 있었어. 제1번 CD를 들으려고 뒤졌을 때 발견했지. 라벨에 작품명은 없었지만 연주년도는 1년 전으로 되어 있었어. 연주자는 그단스크 콰르텟과 단치히 콰르텟으로 되어 있어."

CD 쥬얼 케이스를 손에 쥐고 히라도가 설명했다.

"그러니까 악보가 어딘가에 남아 있었다는 거군요. 틀림없이 파이어플라이관에는 비밀의 방이 있고 10년간 그곳에서 잠들어 있었다. 그것을 사세보 선배가 우연히 발견해서 남몰래 CD로 만들었다. 히라도 형은 그렇게 말하고 싶으신 거죠?"

시마바라는 역시 이해력이 좋다.

"아마도 해외의, 이름을 보아하니 폴란드 같은데, 악단을 썼겠지. 국내라면 아무래도 세간에 널리 알려져 버릴 테니까. 일본의 음악가라면 가가 게이지의 이름과 그 사건은 잊을 수 없겠지. 더구나 1번을 한 번 들었을 뿐인 우리들조차도 깊은 관련이 있다고 알아차렸을 정도야. 소문이 들불처럼 퍼질 게 틀림없어."

"……점점 더 비밀의 방 존재설이 유력해지는 것인가요? 사라진 스트라디바리우스도 거기에 있을지도 모르겠군요. 그런데 이런 물증을 가지고 오면 존재를 인정하지 않을 수 없겠네요."

시마바라가 금발 머리를 긁었다. CD라고 하는 물증이 나왔다고는 하지만, 의외로 깔끔하게 인정해버린다. 어제 두 사람의 대립을 목격한 사람으로서는 다소 맥이 빠진다. 사세보가 다른 음악가에게 분위기 조성을 위해 비슷하게 작곡을 부탁했을 것이라는 해석도 궁색하긴 하지만 가능하기는 할 텐데. 분명 어제는 비슷한 의견을 떠들었었다.

어쩌면 시마바라 자신이 어떠한 추리로 비밀의 방이라는 결론에 도달한 것일까.

"어때? 외부자설로 갈아타고 싶어졌어?"

히라도가 담배로 누레진 이를 드러내 보이며 히죽히죽 웃는다.

"아직 거기까지는 양보할 수 없어요. 아마도 비밀의 방은 있었겠죠. 거기에 외부자가 숨어 있다고는 단정할 수 없어요."

"끈질긴 녀석 같으니. 그럼 비밀의 방에는 범인이 아니라 누가 숨어 있다는 거야?"

"글쎄요" 하며 시마바라는 말을 흐렸다. 그리고 한동안 침묵하더니 말을 이었다.

"어쩌면 비밀의 방에 숨어 있는 것은 또 하나의 문일지도 몰라요."

"그건 결국 통로로 되어 있다는 건가? 내가 발견한 것도 결국 네 가설로 수렴시켜버리는 셈이군."

"그래요. 협박 장소로 욕실이 선택되었다는 것은 겉으로 보이는 것보다 큰 의미가 있다고 생각해요. 반디의 방과 욕실. 이 두 개가 연결되어 있다면 남들 눈을 피해서 간단히 왕래할 수 있겠죠."

"라운지를 통하지 않아도 된다는 이점은 있지만, 그 정도 양의 모발이라면 주머니에도 들어가는 사이즈야. 햇볕 드는 곳을 당당하게 걸어가면 된다고. ……뭐 됐어, 타르

82

타로스*의 입구가 발견되기까지는 평행선이겠군. 그보다 너희들이 들어줬으면 하는 곡이 또 하나 있어."

말하기가 무섭게 히라도는 눈앞에 레코드 재킷을 치켜올렸다. 전에 본 기억이 있는 야경의 재킷. 제1번 레코드였다.

"그저께 라운지에서 들었던 것과는 다른 거예요?"

그렇게 묻자 히라도가 대답했다.

"같은 거야. 다만 그때는 제4악장을 안 들려줬었잖아."

"확실히, 상처가 나서 들을 수가 없게 되었다고 말했었죠. 그래서 CD로 바꾼 것이었는데."

"처음부터 CD로 전곡을 들어도 됐잖아. 그런데도 일부러 상처 난 레코드를 튼 것은 무엇 때문이라고 생각해?"

사뭇 무게를 잡기라도 하듯 히라도가 질문한다.

"분위기 때문 아니에요?"

"나도 바로 조금 전까지 그렇게 믿었었어. 사세보 형다운 연출이라고. 하지만 이 제2번 CD를 발견했을 때 불현듯 생각했지. 사세보 형이 우리들을 서재로 안내했을 때 이 CD는 이미 랙에 진열되어 있었어. 겉에 아무런 글자가

---

* 그리스신화에서 지하의 명계 가장 밑에 있는 나락의 세계.

없이 무지(無地)였기 때문에 확실히 인상에 남아 있어. 그러니까 환상 속의 제2번을 사세보 형은 아무렇지 않게 슬며시 진열해둔 셈이지. 만약에 누군가가 흥미를 갖고 집었다면 바로 알아차리게 될 장소에······."

"그렇군요. 사세보 선배는 일부러 거기 둠으로써 스릴을 맛보고 있었다는 거군요."

시마바라가 총명하게 대답하자, 히라도는 가볍게 수긍했다.

"그렇다고 하면 그저께 제3악장까지 들려준 레코드에도 무언가 있지 않을까 하는 생각이 들었어. 일부러 레코드를 들려준 이유. 암을 들어 올려 멈춘 제4악장에는 무언가 숨겨져 있을지도 모른다고 말이야. 굳이 직전까지 들려줌으로써 사세보 형은 똑같이 스릴을 맛보지 않았을까."

"그래서 어땠어요?"

"있었어. 다만 그건 각자의 귀로 확인하는 편이 좋아."

소중하게 레코드를 안고 있는 히라도의 입가에는 뭐라 형용할 수 없는 웃음이 번져 있다. 전에 본 적이 있는 웃음이다. 어딘가에서 본.

그것은 그저께 제1번 레코드를 들려주기 직전의 사세보의 웃음과 많이 닮아 있었다.

CD와 달리 레코드플레이어는 서재와 라운지에만 놓여 있었다. 히라도는 대담하게도 서재에서 레코드를 들었다고 한다. 차가워진 시체 옆에서 우아한 클래식을 듣고 있었던 것이다. 그것도 죽음 속을 헤매는 것 같은 〈야주곡〉을.

"밝은 낮이었으니까. 밤이었으면 나라도 절대로 안 할 거야."

히라도는 시치미 떼는 얼굴을 하고 있지만, 범인(凡人)들에게는 제아무리 낮이라도 그런 짓은 할 수 없기 때문에 라운지로 내려가서 듣기로 했다.

라운지에는 아무도 없었고 주방에도 치즈루의 모습이 보이지 않았다. 식기는 깨끗하게 정돈되어 있다. 분명 작업을 끝내고 자신의 방으로 돌아갔을 것이다. 잘됐다. 뒤가 켕기는 일을 하고 있는 것은 아니지만 호기심으로 고조되어 있는 마당에 꼬치꼬치 캐물어 방해받는 것은 피하고 싶었기 때문이다.

"레코드가 닳은 정도를 보면 가가 자신이 이 판을 꽤 애청했던 것 같군. 음악가로서 단순히 자작을 다시 듣는다기보다도 좀 더 큰 의미가 있었을 것 같은 기분이 들어."

원판을 플레이어에 얹으면서 히라도가 중얼거린다.

"제4악장부터 시작할게."

그 말과 동시에 예의 그 테마가 조용하게 시작되었다. 막연하게 넓은 라운지에 약하게 약하게 멜로디는 계속된다. 마음을 달랠 길이 없다. 이따금 비올라 쪽에서 자극을 주려고 노력해보지만 금세 다른 파트에게 발목이 잡혀 도로아미타불이 된다. 조금 전의 제2번과 같은 제멋대로인 카오스 상태도 없다. 마치 영전(靈前)에서 염불을 듣고 있는 착각이 든다. CD와 레코드라는 매체의 차이일까. 그저께보다도 소리가 생생하게 들려온다.

그저께 사세보가 설명한 대로 멜로디는 그저 침울해지기만 할 뿐이고 화려한 코다는 기대할 수도 없었다. 결국에는 정적 바로 직전까지 소리가 늘어지다가 스크래치 노이즈에 버금가는 긴장감 속에서 그것이 반복되고, 마지막에는 어둡고 침울하게 숨을 거두는 테마……이어야 하는데 테마는 사라지지 않았다. 지직 하는 소리와 함께 다시 한 번, 또 다시 한 번. 상처 때문에 같은 지점을 빙빙 리프레인*하고 있는 듯하다.

---

● 어떤 악곡 속에서 규칙적으로 되풀이되는 부분.

다카다카다 · 다—다 · 다카다카단

다카다카다 · 다—다 · 다카다카단

다카다카다 · 다—다 · 다카다카단

다카다카다 · 다—다 · 다카다카단

다카다카다 · 다—다 · 다카다카단

다카다카다 · 다—다 · 다카다카단

다카다카다 · 다—다 · 다카다카단

다카다카다 · 다—다 · 다카다카단

다카다카다 · 다—다 · 다카다카단

다카다카다 · 다—다 · 다카다카단

다카다카다 · 다—다 · 다카다카단

다카다카다 · 다—다 · 다카다카단


"어떻게 된 거죠? 이것은?"

5분 정도 끝이 나지 않는 리프레인을 듣고 있다가 도저히 참을 수 없다는 듯이 시마바라가 제지한다.

"역시 사세보 선배가 말한 대로 상처 난 것 아니에요?"


다카다카다 · 다—다 · 다카다카단

다카다카다 · 다—다 · 다카다카단

다카다카다 · 다—다 · 다카다카단

다카다카다 · 다—다 · 다카다카단

다카다카다 · 다—다 · 다카다카단

다카다카다 · 다—다 · 다카다카단

다카다카다 · 다—다 · 다카다카단

다카다카다 · 다—다 · 다카다카단


끝이 없는 테마는 여전히 계속된다.

"이 정도의 상처라면 지금 기술이라면 수복하는 게 어렵지 않을 거야. 그것을 사세보 형이 고치지 않은 것은 어디까지나 내 상상이지만……."

그제야 얌을 들어 올리고 히라도가 입을 열었다.

"아마도 '반디가 멈추지 않는다'라고 하는 것은 이것을 가리키는 게 아닐까라는 생각이 들어."

"'반디가 멈추지 않는다.' ……가가 게이지가 체포 후에 미친 듯 중얼거렸던 말이군요. 결국 레코드의 상처는 사건 후에 방치된 10년 동안 생긴 것이 아니라, 그 전에 가가도 이 상처 난 음반을 듣고 있었다는 것. 그렇다고 하면 가가는 이 반복적인 멜로디에 촉발되어……."

시마바라의 목소리가 상기된다.

"충분히 그럴 수 있다고 생각해. 이 전에도 말했잖아, 음악이 뇌와 정신에 미치는 영향이 얼마나 큰지를. 영원히 반복되어 종결에 이르지 않는 답답함. 멜로디가 멈추지 않는다. 곡이 끝나지 않는다. 가가의 예민한 감각이 이 멜로디로부터 어떤 광기를 헤아리고, 그 중압감에서 벗어나기 위해서 정신을 피안(彼岸)으로 해방시켰을지도 모르지. 어쩌면 살해 후에도 발견될 때까지 서재에서 끝나지 않는 레코드를 계속 듣고 있었을지도 모르는 일이야."

"굉장한 발견이군요, 이건. 10년 전 학살 사건의 비밀 일부가 풀렸으니까요."

시마바라가 흥분한 기색으로 눈을 반짝인다.

"하지만 내가 처음으로 발견한 것은 아니야. 필시 사세보 형은 이미 알고 있었을 거야."

먼발치를 바라보며 히라도가 말했다.

"그렇겠죠. 의미심장하게 우리들에게 들려주었다는 것은. 그런데 그러면 어째서 사세보 선배는 말을 해주지 않았죠? 제2번도 그래요. 사세보 선배의 성격이라면 이런 대발견에 그냥 입 다물고 있을 리가 없잖아요? 아, 그런 건가, 여기에 이번 사건의 커다란 비밀이 있다는?"

흥분을 감추지 못하는 시마바라에 비해 히라도는 모든

것을 깨달았다는 듯이 어두운 표정을 지었다. "아마도"라고만 말하고, 천천히 레코드를 치우고 있다.

"그런데 '반디'가 진짜 반디나 파이어플라이관을 말하는 게 아니라 이 멜로디를 가리키는 것이라면 의외이지만 흥미진진하네요. 반디라고 하면 덧없음의 대명사 같은 것인데, 모차르트 풍의 명랑한 멜로디가 가가에게는 '반디'를 나타낸다니. 천재 연주가였던 만큼 남들과 감성이 달랐던 것일까요?"

시마바라는 옆에 있는 피아노의 건반 덮개를 열더니 오른손으로 가볍게 '반디'의 선율을 쳤다. 의외로 능숙한 손놀림이다.


다카다카다 · 다—다 · 다카다카단


경쾌한 피아노 소리가 라운지에 울려 퍼진다.

"이 소리가 광기를 불러일으키다니 아직도 믿기 어렵지만 말이에요."

"내가 중학생 때였나. 맹장 수술로 입원해 있을 때 〈아이네 클라이네 나흐트무지크〉의 첫 부분을 듣고 있자니 고문을 당하는 기분이 든 적이 있어. 마치 〈맨 인 블랙〉에서 양손이 묶인 채로 끌려간 우주인의 기분이었다고 할까. 그 이후로 모차르트는 딱 질색이고, 자칫하면 〈아이네 클라이네 나흐트무지크〉의 멜로디에 〈맨 인 블랙〉이라고 이름을 붙였을지도 몰라. 그러니까 가가 게이지에게만 한정된다고는 할 수 없지. 이 멜로디와 '반디'의 연관성을 나타내는 구체적인 증거라도 있으면 더욱더 확실해질 텐데 말이야. 어쩌면 사세보 형도 그것을 찾고 있었기 때문에 공표를 늦췄는지도 모르지. 다만…… 만약에, 만약인데, 1년 전부터 사세보 형이 이 레코드를 계속 듣고 있었다고 한다면……. 아니야, 아무것도 아니야."

히라도는 말끝을 흐렸다. 망설이고 있다. 눈치를 채기 시작했지만 망설이고 있다. 인정하는 것을 망설이고 있다.

"무슨 의미예요?"

미심쩍은 표정으로 시마바라가 물었을 때, 입구 쪽에서 문이 쿵 하고 닫히는 소리가 작게 새어나왔다.

"들었어?"

히라도가 목소리를 낮추었다. 시선은 입구 쪽에 고정되어 있다.

"들렸어요? 현관 문 소리예요."

확인하듯이 작은 목소리로 시마바라가 대답했다. 그 사

이에도 발소리가 터벅터벅 작아져 간다. 발소리의 주인은 계단을 올라 2층으로 올라간 듯하다.

"누가 밖에 나가 있었나?"

우선 시마바라가 조심스레 일어나서 살금살금 현관을 보러 갔다. 히라도와 둘이서 그 뒤를 따라간다.

현관에 사람의 모습은 없었다. 다만 입구가 비로 젖어 있다.

"내 신발이다."

신발장 앞에서 히라도가 말했다. 1년 내내 신고 있는 지저분한 트래킹슈즈. 그것이 지금까지 비를 맞고 있었다는 듯이 물에 빠진 생쥐 꼴이 되어 있었다.

"어떻게 된 거지? 내 신발은 다른 사람들 것보다 예절 교육을 잘 시켰는데. 게다가 평소보다 더 진흙투성이야."

농담이라고만은 할 수 없는 말투이다. 그러고 나서 "그런 거구만" 하고 중얼댔다.

"어떻게 된 거예요?"

"누군지는 모르겠지만 자기 신발을 신고 싶지 않았던 거지. 즉, 뭔가 위험한 짓을 했다는 거야."

현관문을 연다. 계속해서 내리고 있는 비는 질릴 정도로 거세다. 바람도 거의 옆에서 뺨을 치는 것처럼 느껴질

만큼 강하다. 그런데 검은 저택에 갇혀 있었던 탓인지, 묘한 해방감이 느껴졌다. 입으로 튀어드는 빗방울에 상관하지 않고 크게 심호흡한다.

"히라도 형의 신발을 신을 수 있을 정도라면 어지간히 위생 감각이 둔한 놈이겠군요. 어쨌든 그 놈이 차고에서 온 것 같네요."

얼굴에 쏟아붓는 비를 손으로 막으면서 시마바라가 지적한다. 그쪽을 보니 차고로 이어진 콘크리트 블록의 일부, 처마에 가려져 비가 들어오지 않은 부분에 젖은 발자국의 흔적이 몇 개인가 남아 있었다.

"일단 가볼까?"

히라도의 한마디에 그다지 도움이 되지 않는 우산을 일단 쓰고 차고로 향한다. 어제는 히라도와 시마바라가 구원을 요청하기 위해서 여기에서 차를 뺐었다.

"역시 범인일까요?"

변화는 누가 보더라도 확실히 알 수 있었다. 비 때문에 잘 보이지 않는 가운데, 차고의 셔터가 훤히 열려 있었던 것이다.

"확실히 잠갔었지?"

히라도와 시마바라가 서로 확인한다.

"그렇게 비가 오는데 잠그는 것을 깜박하는 일은 있을 수 없어요. 누군가가 다리를 건널 수 있게 되었는지 확인하러 갔던 게 아닐까요?"

스스로도 믿지 않는 듯한 말투로 시마바라는 말했다.

"저 나무만 떠내려가 버려도 어떻게 건널 수 있을 법도 하니까 말이야. 그런데 어째서 활짝 열어둔 거지? 버튼만 누르면 셔터는 내려가는데."

"고의로 열어뒀다는 말씀이세요?"

선두에 있는 시마바라가 목을 쭉 빼서 차고를 훑어본다. 문뿐만이 아니라 안의 조명도 켜둔 채였다.

"없다."

그것이 첫 마디다. 안을 보니 어제까지 있었던 왜건, 사세보의 애마인 검은 왜건이 사라지고 없었다. 정확히 한 대가 휑하니 비어 있다.

"도망쳤나?"

"다리를 건널 수 있게 된 건가? 아니야, 그렇지 않아."

히라도는 곧바로 자신의 뒤통수를 탁 치며 말했다.

"조금 혼란스러운데. 우리들은 현관의 문소리를 들었고, 보러 갔더니 신발도 젖어 있었어. 결국 그 놈은 바로 지금 밖에서 돌아온 거야. 그런데 어째서 차가 없냐고."

"지금 확인하러 가지 않을래요? 만약 다리를 건널 수 있게 되었다면 여기에서 탈출할 수 있다는 거니까요."

시마바라가 이성적으로 제안한다. 어제도 그랬다. 시마바라는 이성적이다. 가끔 흥분하지만 바로 이성을 되찾는다. 어쩌면 히라도보다 탐정에 더 적격일지도 모른다.

"그렇군. 가볼까?"

물보라처럼 세차게 내리는 빗속을 10분 정도 내려가 반디 다리에 다다랐다. 평소라면 5분 정도면 갈 수 있는 길이지만 이런 비로는 아무래도 좋은 템포로 행군할 수 없다. 시야가 안 좋은 데다 우산이 바람에 날아가지 않을까, 목욕탕처럼 되어버린 아스팔트에서 미끄러지지 않을까, 이래저래 신경을 빼앗긴다.

그렇게 해서 겨우 도착은 했지만 다리는 도저히 건널 수 있을 것 같지 않았다. 5미터 정도 되는 거대한 유목이 교각 위의 바닥판에 비스듬히 걸려서 통행을 방해하고 있다. 직접 본 것은 처음이지만, 히라도와 시마바라한테 들은 대로의 풍경이었다. 자연 바리케이드다. 쉽사리 약해질 것 같지 않은 반디 강의 굽이치는 물결은 교각 위의 바닥을 줄곧 씻어내려 보내고 있다. 급류다. 함부로 건너려다가는 물에 휩쓸려 몸이 빨려들기 십상이다.

95

다만 오늘은 한 가지 다른 정경이 추가로 있었다. 사세보의 검은 왜건이 다리 옆에서 코스를 벗어난 것처럼 앞부분을 강 쪽에 처박고 있었던 것이다. 앞바퀴는 강 속에 박힌 채 왜건 안에 사람의 모습은 없고 운전석 쪽 문이 열려 있었다.

"무리하게 건너려고 하다가 실패한 것일까요?"

조심조심 다가가 본다. 천둥 같은 빗소리가 방해되어 차내의 기척까지는 알 수 없다.

"그런 것 같네요."

시마바라가 조심스러운 발걸음으로 운전석 가까이 가서 열린 문에 손을 걸치고 안을 들여다보았다. "조심해" 하며 히라도가 큰 소리로 외쳤다.

"아무도 없어요."

시마바라도 큰 소리로 대답한 뒤 뒤쪽 시트도 확인했다. 똑같이 고개를 젓는다. 차 안에 사람은 없는 듯하다.

"아무렴 벌써 탈출했겠지."

"열쇠는 꽂혀 있어요. 그리고 운전석에 조금이지만 혈흔이 남아 있어요."

"혈흔이라고?"

히라도는 서둘러 뛰어 와서 시마바라의 등을 떠밀며 목

을 빼고 들여다보았다. 끼익 하며 왜건이 조금 기울었다.

"조심 좀 하세요."

"미안, 미안."

히라도는 가볍게 사과했다.

"확실히 피군."

둘의 등 뒤로 몸을 내밀고 본다. 가죽 시트의 왼쪽 편에 혈흔이 묻어 있다. 사이드 브레이크에도 피가 튀어 있어서 합치면 상당한 범위이다. 비가 안으로 들이친 탓에 실제 이상으로 심하게 배어 있는 듯하지만 그것을 제외하더라도, 만약 운전자가 흘린 것이라면 치료가 필요한 정도의 양이라는 생각이 들었다.

동시에 향수 냄새가 확 났다. 어제는 침실에서 오늘 아침은 욕실에서 맡은 그 냄새였다.

"어디 다친 걸까? 이러면 곤란한걸, 상처 입은 곰은 무섭다고 하는데."

"이걸로 크게 데었을 테니 아지트에서 나오지 않으면 좋을 텐데. 뭐, 무리겠지만요."

"가지 군이 말하는 아지트는 어디야? 멤버 전원의 상처를 조사할 작정이지?"

히라도는 지체 없이 바로 지적하더니 뛰어올 때와는 반

대로 아주 천천히 왜건에서 떨어졌다. 차체가 약간 기운 것을 신경 쓰고 있는 듯하다.

"물론이죠. 없다면 그보다 더 좋은 일이 없으니까요. 그때야말로 외부자설로 갈아타겠어요."

내부·외부 논쟁은 여전하다. 둘을 무시하고 주변으로 눈을 돌리자 왜건에서 1미터밖에 떨어지지 않은 강가에 부자연스러운 흰색 물건이 눈에 들어왔다. 가까이 가서 보니 그것은 흰색 하이힐이었다. 오른쪽 한 켤레만 오도카니 굴러다니고 있다.

"히라도 형, 이런 것이."

주워서 히라도에게 보였다.

"……아무리 봐도 여자 것이군."

"차에서 내릴 때 강에 떨어진 것일까요?"

물살이 이런데 물에 빠지면 살아날 수 없을 것이다.

"그건 있을 수 없어. 애초에 우리가 밖에 나온 이유를 잊어버린 거야?"

"또 이런 의미심장한 신발이에요?"

질렸다는 듯이 시마바라는 진흙으로 더러워진 하이힐을 보고 있었다.

"히라도 형, 이 신발은 여기에 두기로 하죠."

재빨리 히라도의 손에서 뺏어서 강가에 돌려놓았다. 비바람에 뒹굴지 않게 압력을 가해서 흙 속에 굽을 묻는다.

"무슨 속셈이야?"

"이 일은, 신발과 차에 대해서는, 아직은 입 다물고 있기로 해요. 우리 세 명만 알고 있는 편이 좋을 것 같아요."

진지한 목소리였다. 뿐만 아니라 강하게 호소하는 눈빛으로 히라도를 쳐다보고 있다.

"어째서?"

히라도는 의심쩍은 듯이 큰 소리를 냈지만, 바로 "그래" 하며 수긍했다. 평소 모습과는 다르게, 폭풍우에 완전히 휩쓸려갈 듯한 작은 목소리였다.

"분명 그 편이 좋을 거야."

그리고 이쪽을 향하며 말했다.

"너도 입 다물고 있어. 발설 금지야. ……어쩌면 나는 중요한 것을 놓치고 있는 것일지도 모르겠군."

다짐을 받는 히라도의 표정은 어둡고 무거웠다.

## 12. 문 열쇠 7월 17일 오후 4시 10분

"무슨 일이야, 마츠우라? 또 불러내고."

나무 의자를 끼익 하고 삐걱거리며 이사하야가 말했다. 치즈루의 방이다. 그 외에는 아무도 없다. 치즈루와 단둘이다.

"한시라도 빨리 이사하야 선배에게 알리고 싶어서요."

숨 가쁜 목소리로 치즈루가 대답했다. 마치 테스트에서 만점 받은 것을 자랑하고 싶어하는 아이 같다.

"알리다니, 무엇을? 어제도 말했잖아. 범인이 어디에 숨어 있는지 모르는데. 설령 조지의 피해자였다고 해도, 이제는 살인자라고. 게다가 오늘 아침은 오무라 형에게 그런 경고까지 하고 말이야."

"알고 있어요……."

한 송이 수선화가 고개를 떨구듯 풀이 죽은 목소리로 변했다. 조금 말이 지나쳤다.

"아니 뭐, 알고 있으면 됐어. 무엇보다 마츠우라 네 몸이나 걱정해."

당황해서 얼버무려 넘긴다.

"괜찮아요. 제 잘못이에요. ……저기 그런데, 어제 일 나가사키 선배에게 말했어요?"

"설마. 그 녀석이 가장 의심스러운데, 그런 말을 할 리가 없지."

"그렇죠……."

납득이 가지 않는 모양이다.

"나가사키가 뭐라고 해?"

"아무것도 아니에요. 착각일지도 모르니까요."

"무슨 일인지 모르겠지만 정말로 착각이라면 좋을 텐데 말이야. 그 녀석이라면 무슨 짓을 할지 모르니까."

"그렇죠? 나가사키 선배는 자주 기분 나쁜 모습을 보이잖아요? 아까도 라운지에서 히죽 웃는데, 좀 무서웠어요."

생각났다는 듯이 치즈루가 투덜거린다.

"그렇지, 뭐. 뚱뚱보에 오타쿠에, 전형적이지? 좀 지나치게 딱 들어맞는다는 느낌은 있지만. 예전에 한번 그 녀석 방에 들어간 적이 있었는데, 미소녀 게임하며 사진집하며 발 디딜 틈도 없었어. 나도 게임은 좋아하지만 그 정도까지 빠지면 좀 아니지. 인터넷 성인 사이트를 돌고 돈 나머지 고액의 국제전화 요금을 청구당했다는 이야기도 들리고 말이야."

"그래요? 그럴 것 같다는 생각도 드는군요."

"하지만 정말로 조지의 공범자인지 묻는다면 아직 확신은 가질 수 없어. 단, 너무 힐끔힐끔 보지 않는 편이 좋아. 반대로 의심받으니까."

"아마 괜찮을 거예요. 연기에는 자신이 있으니까. 방심하게 한 다음 여러 가지 캐내려고 하고 있지만요."

만만치 않은 녀석이다.

"자신감이 대단하군. 과신하지 않으면 좋겠지만."

"괜찮을 것 같아요. 정말 조심하고 있으니까. 그보다 이사하야 선배는 조지에 대해서 어떻게 생각해요?"

치즈루는 갑자기 화제를 바꾸었다. 목소리 톤도 약간 낮게.

"어떻게라니?"

102

"츠구미의 경우에도 그랬지만, 피해자를 죽인 다음 모두 한 달 정도 자신의 수중에 놓아두고 있었잖아요? 왜 그랬을까 생각했어요. 경찰도 그 이유까지는 모르고 있는 것 같고. 이사하야 선배가 저보다 사세보 선배와 알고 지낸 기간도 기니까, 선배가 볼 때 뭐 짚이는 거 없어요?"

"유감이지만 살인마의 심정 따위 나는 모르겠어. 이런 유령의 집을 사 들이는, 그냥 특이한 사람이라는 것밖에. 진심을 말하자면 아킬리즈에서의 사세보 선배와 조지의 이미지는 완전히 동떨어져 있다는 느낌이야."

넌지시 조지=사세보를 아직 확신하지 않고 있음을 내비친다. 하지만 치즈루는 짐짓 모르는 체했다.

"곰곰이 생각해봤어요. 사세보 선배가 누나를 닮은 사람들을 골라서 죽였다고 한다면, 사체를 한 달 동안이나 곁에 잡아두는 것도 어쩌면 추억을 위해서 방에 놓아둘 속셈이 아니었나 싶어요."

"TV에서도 비슷한 설을 말하는 사람이 있었는데, 그렇다면 죽이지 말고 쭉 같이 있는 편이 좋잖아. 사세보 선배의 재력이라면 여자 친구든 애인이든 얼마든지 만들 수 있었을 테고 말이야. 그것이 나에겐 이해가 안 돼. 게다가 한 달이나 지나면 심하게 부패해. 누나의 모습은커녕 악몽 같은 상태가 될 것 같은데. 츠구미도……."

"죄송해요……. 안 좋은 기억을 떠올리게 해서."

"괜찮아."

이사하야는 훌훌 털어버리듯이 말하고, "그래, 어째서 부른 거야? 이런 것을 말하려고 부른 것은 아닐 테고?"라 며 본론으로 들어간다.

"어떻게 아세요?"

"알지. 그 얼굴을 보면. 상기되어서 벌겋잖아."

"그게……."

심장 고동을 진정시킬 셈인지 치즈루는 크게 심호흡을 한 뒤 말을 이었다.

"비밀의 방의 입구를 발견했어요."

"정말이야, 마츠우라?"

의자가 다시 끼익 소리를 냈다.

"네. 틀림없어요. 그래서 이사하야 선배에게 알리고 싶 어서."

"어디에 있었어? 비밀의 방은?"

"반디의 방 안쪽이에요. 인형이 있던 창고방의 콘크리 트 벽이 움직여서 지하로 통하는 계단이 나타났어요. 어둡 고 음산했어요. 그리고 계단을 다 내려갔더니 바로 앞에 막다른 곳에 육중해 보이는 문이 있고"

"그 안에는?"

"못 들어갔어요. 열쇠가 채워져 있어서 들어갈 수가 없었어요. 게다가 이번에야말로 정말 위험할 것 같아서. 이문 너머에 범인이 있다고 생각하니까요. 불쌍한 피해자라고는 하지만, 그래도 역시 살인자니까."

"현명한 판단이었어. 그런데 어떻게 해서 계단을 발견한 거야? 다른 형들이 아무리 찾아도 발견하지 못했는데."

히라도도 한 번은 의심해서 벽을 두드려보기도 했다. 그러나 아무것도 찾아낼 수 없었다. 시마바라도 마찬가지다. 탐정을 자임한 두 사람이 못 했던 것을 이 치즈루가 싱겁게 찾았다고 하는 것이다.

"오늘 아침 우연히 발견했어요. 시마바라가 나오고 나서 반디의 방에 들어갔을 때였어요. 구석에 있는 괘종시계가 울려서 보니까 시각이 한 시간 늦다는 것을 깨달았어요. 사용하지 않던 방이니까 제대로 맞춰져 있지 않구나 하고 그때는 대수롭지 않게 여겼지만……. 그런데 두번째, 히라도 선배 무리가 안에 있을 때 봤더니 정확한 시각으로 돌아와 있었던 거예요. 시각이 틀린 것을 알아채고 누군가가 바로잡았을 수도 있지만 저택의 주인인 사세보 선배라면 몰라도, 이 상황에서 일부러 그런 수고를 들일 사람이 있을 거라고도 생각할 수 없지요. 이상하다 싶어 신경이 쓰여서 다시 한 번 반디의 방에 몰래 들어가 보았어요."

"위험해. 아무 일도 없었으니 다행이지만."

점잖게 나무란다.

"냉정하게 돌이켜 생각해보면 그럴지도 모르겠네요. 하지만 그때는 필사적이었어요. 무언가 엄청난 발견을 한 게 아닌가 하고. 그것을 빨리 확인하고 싶어서. 시험 삼아 시계 바늘을 한 시간 늦춰보았어요. 아무런 변화도 없더군요. 1분 정도 기다렸다가 기분 탓인가 해서 원래대로 되돌리려고 하는 찰나, 드르르륵 하며 안쪽의 창고 방에서 큰 소리가 났어요. 급히 창고로 들어가 보니 딱 막혀 있던 콘크리트 벽이 1미터 정도 옆으로 열려 있고 아래로 내려가는 계단이 이어져 있었던 거예요."

"그 계단을 내려갔더니 비밀의 방이 있었던 거군. 잘 찾았는걸."

이사하야가 감탄하자, 치즈루도 싫지만은 않은 듯하다.

"필사적이었으니까요. 하지만 문 앞까지 가서는 어두침침하고 무섭고 해서 결국 도망쳐 돌아와버렸어요."

"그게 잘한 거야. 무슨 놀이하는 게 아니니까. 히라도 형네도 겉으로 내색은 안 하지만 어느 정도 마음의 각오를 하고 몰두하고 있는 것 같고 말이야."

"마음의 각오, 라고요?"

이상하다는 듯이 치즈루는 물었다.

"상황을 계속 자극하고 있는 이상, 상대가 언제 덮쳐도 어쩔 수 없다는 일종의 체념 같은 것일까. 실제로 욕실에 주홍글씨의 협박문을 쓰기도 했으니까."

"대단해요. 저는 그런 용기는……."

"조지가 있을지도 모르는 동아리에 잠입했잖아. 용기는 충분히 있다고 생각하는데. 하지만 앞으로 그런 무리한 짓은 하지 않으면 좋겠어. 그건 용기가 아니라 무모한 행동일 뿐이니까."

"왠지 무서워졌어요. 어쩌면 계단을 내려가는 도중에 딱 마주쳐서 당했을지도 모르는 거잖아요."

치즈루의 목소리가 미세하게 떨린다. 자신이 얼마나 위험한 상황에 있었는지 이제야 인식한 듯하다.

"아무리 여자라도 이미 사세보 선배를 죽였으니까 말이야. 쉽게 살해당할지도 모르지. 상대편이야 비밀의 계단은 익숙해져 있을 테고, 맨손이라고 단정할 수도 없으니."

107

"그러네요. 저라면 분명히 조금도 못 버티겠죠. 그러니까⋯⋯."

치즈루는 일단 말을 자르고, 매달리는 듯한 목소리로 말을 이었다.

"염치없지만 같이 가주시면 안 될까요? 같이 비밀의 방에 가주시면 안 될까요? 이사하야 선배 외에는 신뢰할 수 있는 사람이 없어요."

"안 돼."

이사하야는 바로 거절했다.

"그런 방이라면 이제 우리들만으로는 감당할 수 없을 거야. 범인이 흉기를 가지고 문 안쪽에 숨어 있을 가능성이 높다고. 지금까지 마츠우라는 너무 잘했어. 하지만 지금이 딱 물러날 때야."

"그래도⋯⋯."

"그리고 말이야. 사세보 선배가 정말 조지라고 하면 비밀의 방 안쪽에 어떤 세계가 펼쳐져 있을 거라고 생각해?"

"⋯⋯."

치즈루는 말문이 막혀버렸다. 10초, 20초, 방 안에는 정적만이 흐른다. 치즈루의 반응을 확인한 다음 이사하야는 타이르듯이 말했다.

"스플래터 영화*에서밖에 본 적 없는, 격하게 후회할 상황이 기다리고 있을지도 몰라. 때를 봐서 내가 히라도 형에게 이야기해볼게. 제아무리 히라도 형이 인정하고 싶지 않더라도 문 저편에 있을 진실을 목격하면 납득하지 않을 수 없겠지. 그러니까 그때까지는 절대로 움직여선 안 돼. 이번에야말로 생명을 보장할 수 없어."

마치 자신이 범인이라도 된 것처럼 말한다. 하지만 그렇게까지 이야기하지 않으면 치즈루에게 브레이크가 걸리지 않을 것도 사실이다.

"저도 그 정도로 바보는 아니에요."

성난 듯한 말투로 치즈루가 반론한다.

"정말이지?"

"정말이에요. 코밋에 걸고 맹세해요."

"코밋?"

"고향집에서 키우고 있는 고양이에요. 귀여워요. 저, 코밋에게만은 거짓말을 안 하거든요."

"그 고양이 체셔 고양이는 아니겠지?"

"아니에요. 삼색 고양이에요. 혈통서는 없지만."

---

● 살인 장면을 생생히 묘사하는 공포 영화의 일종.

"그럼 됐어. 비가 그치면 경찰이 올 거고, 그러면 모든 것이 백일하에 드러날 거야."

"이것으로 츠구미도 겨우 저세상으로 갈 수 있겠군요."

치즈루의 입에서 츠구미의 이름이 나오자 두 사람 사이에 긴 침묵이 흘렀다.

츠구미……. 나의 존재가치이자 조지의 손에 허무하게 뺏겨버린 보물이다.

"저기, 이사하야 선배……."

빗소리만이 울려 퍼지는 정적 속에서 분위기를 싹 바꾸어 온화한 말투로 치즈루가 물었다.

"응?"

"이사하야 선배는 츠구미를 얼마나 좋아했어요? 츠구미가 죽고 나서 많이 슬펐어요?"

"당연하지. 갈기갈기 찢긴 츠구미의 시체가 발견되었을 때, 장례식에서 해맑게 웃고 있는 츠구미의 사진을 봤을 때, 나도 같이 죽으려고 생각했어. 결국은 이렇게 비참하게 살고 있지만. 나 자신도 어째서 지금까지 이렇게 살아 있는지 모를 정도야. ……만약에 사세보 선배가 조지라면, 나가사키가 공범이라면, 오직 그 최후를 지켜보기 위해서 살아 있었는지도 몰라."

"다행이네요……. 그 정도까지 생각해주시다니, 츠구미도 행복해할 거예요."

치즈루가 울먹인다.

"이봐, 이봐. 네가 왜 울어. 고개를 숙이면 안경이 젖을 거야."

"괜찮아요. 낮에 썰던 양파가 지금이 돼서야 매워진 것뿐이니까."

"……있잖아, 마츠우라."

다정하게 이사하야가 물었다.

"솔직하게 대답해줘. 너, 츠구미를 좋아했었어?"

치즈루는 얼마 동안 입을 다물고 있었으나 이윽고 나직이 "네" 하고 대답했다. 기어들어 갈 것 같은 목소리였다.

"……좋아했어요. 쭉, 계속, 마음은 고백하지 못했지만. 하지만 이사하야 선배가 남자 친구라서 다행이에요."

"그랬구나……. 우리들은 완전한 동지구나. 같이 츠구미의 원수를 갚자, 마츠우라."

"네. 비가 그치면 모든 것이 끝나는 거겠죠? ……이사하야 선배, 범인이 잡힌 뒤에도 저 아킬리즈에 남아도 될까요?"

"그럼, 물론이지. 내가 잘 설명해둘게. 히라도 형도 오

111

무라 형도 좀 별나지만 모두 재미있는 사람들이야."

"물론 알고 있어요. 이번 합숙에서 잘 알게 됐어요. 모두 즐겁고, 좋은 사람들이에요. 확실히 조금 별나긴 별나지만."

마지막은 희미하게나마 웃음소리로 마무리 지어졌다.

## 13. 반디 7월 17일 오후 5시 00분

비가 리드미컬하게 내리붓는다.

똑똑똑, 똑똑, 똑똑똑.

마침표를 찍지 못하는 비일상을 상징하기라도 하듯.

방에서 나와 라운지로 내려가니 히라도가 소파에 널브러져 엎드려서 혼자서 카멜을 태우고 있었다. 시마바라는 없다. 테이블 위 유리 재떨이에는 담배꽁초가 산더미처럼 쌓여 있었다. 에어컨이 작동하고 있겠지만 라운지는 꽁치라도 구운 것처럼 연기로 자욱하다. 혹시 반디 다리에서 돌아온 뒤로 여기에서 계속 담배를 피우고 있었던 것일까. 단벌신사의 옷이 아직 젖어 있는 것 같기도 하다.

"히라도 형."

건너편에 앉아 말을 걸자, 히라도는 깨나른한 듯이 얼굴을 들었다. 그제야 비로소 이쪽의 존재를 발견했다는 듯 수염을 쭈뼛 떨었다.

"왜 그러세요, 멍하니? 감기라도 걸리셨어요?"

"바보 같은 소리."

히라도는 콧방귀를 끼며 "이것저것 생각하고 있었어" 하고 맥없이 대답한다.

"범인 말이에요?"

"그것도 있고" 하며 히라도는 필터 가까이까지 짧아진 담배를 꽁초 산에 쑤셔 박았다. 꽁초 산에 또 한 대 추가. 희미한 연기가 약간 피어오른다.

"'그것도'라는 것은, 다른 것도 여러 가지 있다는 말씀이에요?"

"뭐, 그렇지."

그렇게 끄덕이고 새로 한 대 불을 붙였다. 살펴보니 발밑에 빈 갑 두 개가 버려져 있다.

"사세보 선배 일이에요?"

"잘도 아네?"

히라도는 의외라는 듯이 말했다. 그리고 천천히 연기를

내뿜은 다음 말을 이었다.

"어째서 사세보 형은 가가 게이지 같은 사람에게 **빠져**들었을까 해서. 그런 생각을 하고 있었어."

"오컬트 마니아라서 그런 것 아닌가요? 사세보 선배의 꿈은 유령의 집에 사는 것이었잖아요?"

"그건 그렇지만…… 실은, 학교 다닐 때 사세보 형은 파이어플라이관에는 그다지 관심이 없었어."

복잡한 표정으로 히라도는 말을 이었다.

"물론 유명한 사건이니까 화제는 되었지. 한번 파이어플라이관에 탐험하러 가자고 한 적이 있었어. 하지만 당시에는 제대로 된 정보도 없었을 뿐더러 거의 전설화되어 있었기 때문에 장소를 못 찾아서 결국 산속을 헤매다가 끝나버렸어. 그리고 두 번째 탐험은 없었어. 오쿠요시노(奧吉野)의 폐쇄된 여관이나 구사츠(草津)에 있는 두 세대가 살해당한 집은 한 번에 못 찾아도 두 번, 세 번이나 도전했었는데 말이야."

"당시는 담백했었네요."

"응. 나한테는 그렇게 보였어. TOG로 크게 터뜨려서 자금이 생겼다는 것도 큰 이유겠지만, 파이어플라이관에 이렇게까지 집착하기 시작한 것은 사세보 형이 누나를 잃고 나서부터라고 생각해. 이제 와서 생각해보면. ……사세보 형의 누나 이야기는 알고 있지?"

"플랫폼에서 떨어지셨다고. 우애 좋은 남매였다고."

"자살이었다는 소문을 들은 적이 있어."

히라도가 불쑥 말했다.

"정말이에요?!"

"어디까지나 소문이지만. 사세보 형과 잘 맞지 않았던 이모리(飯盛)가 말했던 거라서, 지금까지 그다지 신뢰하지 않았었어."

이모리라는 선배는 모른다. 내가 들어왔을 때 졸업한 사람일 것이다.

"지금은 아닌가요?"

히라도는 그 부합을 눈치채고 있다. 눈치챘지만 망설이고 있다. 사세보가 조지라는 것을 최후의 최후까지 믿고 싶지 않은 것일 것이다. 치즈루가 걱정했던 대로, 히라도와 사세보의 교제는 상상 이상으로 오래되고 깊어서 이성적으로 간단하게 받아들일 수 있는 것이 아닌 듯하다.

어쩌면, 지금 이 자리에서 털어놓듯이 말하는 것도 결단을 하기 위한 의식일지도 모른다.

그렇다면 같이 있어주어야 한다. 그것이 용자가 되지

못한 자의 의무이다.

"그런데 그것과 가가 게이지가 무슨 관계가? 누나가 가가 게이지의 연주를 좋아했었어요?"

"그런 간단한 이유였다면 좋겠지만, 파이어플라이관과 관계해서 가가의 이름이 나왔을 때도 사세보 형은 단 한 번도 그런 이야기는 하지 않았어."

"그럼 무엇이 원인이었어요?"

시궁쥐 같은 하늘에서 세차게 내리는 비. 히라도는 유리 천장을 올려다보면서 유달리 많은 담배 연기를 내뿜는다. 내가 오고 나서 벌써 몇 개비째일까. 히라도는 숨이 막혀 콜록 하며 기침을 한 번 하더니 말했다.

"가가 게이지는 의남매와 야반도주를 했어. 그건 알고 있지?"

"네. 이전에 가가 게이지의 기행 중 하나라고 사세보 선배가 말해줬었는데."

"실제로는 의붓여동생이 아니라, 배다른 여동생이라고 하면?"

"잠깐만요. 그건 핏줄이 이어져 있잖아요!"

히라도는 표정 하나 안 바꾸고 담배를 피우고 있다. 그러고 나서 두 번째 폭탄을 투하했다.

"그뿐만이 아니야. 데리고 돌아온 여동생은 두 달 후에 병사했어. 그 여동생 이름이 '호타루*'라고 하는 것 같아."

"그럴 수가……. 가가의 동생 이름이 반디라니. 지금까지 들어본 적이 없어요."

너무나도 충격적이어서 말을 잃었다. 만약 반디에 대한 가가의 집착이 이 여동생에서 연유한다면.

"나도 좀 전까지는 몰랐어. 정말 바로 전까지는. 레코드를 돌려놓으려 서재에 들어갔을 때 이것을 발견했어."

히라도는 쿠션 옆에서 오래된 잡지를 꺼냈다. 『테트라크』라는 이름의 10년 전 월간지였다. 에로와 가십이 주체인 잡지로, 잡지 중간쯤에는 구입 전에는 못 보도록 봉인해둔 야한 화보도 달려 있다. 그 안에 가가 사건의 특집기사가 실려 있었다. 특집기사에서는 사건뿐만이 아니라 가가의 과거에 대해서도 쓰고 있었다. 그 가운데 하나가 열여덟 살 때 배다른 여동생과 도피한 내용이었다. 전체적으로는 선정적이며 출처불명의 증언을 나열하고 있어서 어디까지나 소문의 영역을 넘지 않는 것이었다. 그에 반해서 고마츠 교코와의 불륜 같은 것은 대대적으로 다루고 있어

---

• '반디'의 일본말.

서 친절하게도 런던에 있는 호텔 앞에서 우산을 같이 쓰고 있는 사진마저 싣고 있었는데, 우산 때문에 얼굴의 반이 가려져 있거나 하는 사진이다.

그 때문에 어디까지가 진실인지는 확실하지 않지만 기사에 의하면 여동생과의 도피는 한 달로 종지부를 찍은 것 같다. 자금 부족과 여동생의 병이 원인이었다. 자세한 병명은 쓰여 있지 않지만 2개월 후에 병원에서 죽었다. 가가의 아이를 유산했기 때문이 아닌가 하는 억측으로 기사는 끝을 맺고 있다. 기사에 동생의 이름은 가가 호타루(加賀螢)로 명시되어 있었다. 제아무리 이런 잡지라도 여동생의 혈연관계와 이름은 틀리지 않을 것이다.

"그러면 이 파이어플라이관은 죽은 여동생을 추모하기 위해서……."

"추모라기보다도 더욱 강력한 감정일 테지. 죽은 여동생과 같은 이름의 저택. 그것도 상복을 입은 것처럼 온통 검은 저택이지. 가가는 항상 검은 옷으로 무대에 섰다고 해. 또한 반디의 방의 방대한 반디 컬렉션. 데뷔에 즈음해 게이지(圭司)의 '게이(圭)'를 '게이(螢)'로 바꾼 것도 포함해서 모든 것이 죽은 동생에 대한 애집이라고 생각할 수 있지 않을까, 사랑의 도피까지 했던 사랑하는 여동생의…….

파이어플라이관은 유령의 집이 아니라 속박의 저택이었을 지도 몰라."

확실히 파이어플라이관을 둘러싼 많은 의문이 풀린다.

"그렇다면, '반디가 멈추지 않는다'라고 하는 말도……."

"팔중주곡의 그 멜로디는 죽은 여동생의 테마였을지도 모르겠군. 제1번에서 숨을 거두는 반디. 그 죽음의 장면이 반복되어 영원히 끝나지 않는다. 동생의 죽음을 몇 번이고 봐야 했다면 광기가 증폭되었다고 해도 어쩔 수 없겠지."

시각과 청각은 서로 다르다고는 해도 담겨 있는 의미가 이렇게 잔혹한 방법으로 자신에게 되돌아온다면. 나라면 견딜 수 있을까.

"……그런데, 이렇게 중요한 일을 어째서 아무도 몰랐 던 거죠? 배다른 동생이었다는 것도 그렇고 동생의 이름 만 해도 그렇고 조금만 조사해보면……."

"간단해. 우리들은 가가 게이지의 정보를 대부분 사세 보 형에게서 얻고 있었기 때문이야. 즉 사세보 형은 고의 로 가가 호타루의 존재를 덮고 있었다는 얘기지. 왜일 것 같아?"

"자기 자신이 이끌린 부분이 바로 이 점에 있었기 때문 이에요?"

그 정도라면 아무리 나라도 짐작할 수 있다. 히라도는 작게 끄덕이고 말을 이었다.

"맞아. 사람은 정곡을 찔리면 말을 잃어. 가장 위험한 부분에는 과민하게 반응해버리고. 가가 게이지의 여동생과 사세보 형의 누나. 이 두 사람의 처지가 똑같았기 때문에 사세보 형은 이끌렸고 동시에 그 부분을 우리들에게는 은폐했어. 결국 말이야. 사세보 형이 이 사건에 매력을 느끼게 된 것은 파이어플라이관이 여동생의 상(喪)을 위해 세워진 것이고, 더욱이 가가가 여동생과 관계를 갖고 있었다고 하는 것이 원인이 아닐까 생각해. 학창 시절 사세보 형에게는 여자가 있는 기색이라고는 전혀 없었어. 하지만 가장 가까운 곳에, 가장 가까운 여성이 있었던 거야. 게다가……."

히라도는 거기서 일단 이야기를 매듭짓고, 굉장히 말하기 힘들다는 표정을 보였다. 마치 양심과 싸우고 있는 것처럼.

"게다가, 이 기사에는 가가 호타루는 가가의 아이를 유산했다고 쓰여 있어."

"하지만 이런 억측 기사……."

"아까 들었던 제2번의 3악장, 반디의 멜로디 옆에서 작지만 꽤 비슷한 멜로디가 갑자기 나타난 것 기억해?"

"네, 비올라 파트죠? 갑작스러워서 인상에 남아 있어요. 온화한 곡조 속에서 반디의 멜로디의 뒤를 쫓아 뛰어오르듯이 흘렀어요. 다음 악장에서는 두 번 다시 나타나지 않았지만요. 그것이 호타루의 아이라는 거예요?"

"그런 해석도 가능하잖아? 이렇게 생각하면 다음 악장에서 모든 성부가 조증(躁症) 상태가 되어 끝나는 것도 이해가 가. 그리고……."

"설마 사세보 선배도 누나와?"

"……아이가 생겼을지도 몰라. 완전 억측이고 고인에 대해서 다시없는 실례이지만. 하지만 자살설이 사실이라고 하면, 수긍할 수 있는 일이라고 생각하지 않아? 그리고 그렇지 않다면 저 광기는……."

히라도는 입을 다물었으나 말을 한 것과 다를 바 없다. 하지만 나는 모른 척해야 한다. 히라도의 망설임, 고뇌가 무의미해진다.

기분을 바꾸려고 다시 한 번 잡지를 손에 들고 보았다. 기사 가운데 가가와 여동생 두 사람의 사진이 실려 있다. 이쪽은 고마츠 교코의 가십 사진이 아니라 교복 차림에 나란히 서 있는 평범한 남매 사진이다. 화질이 좋지 않은 흑

백사진이지만 용모나 자태는 확실히 알 수 있다. 청초하며 아름다운 매력적인 얼굴이었다. 다만 주의를 끈 것은 그 아름다움이 아니었다. 그 얼굴을 어디선가 본 것 같은 기분이 들었기 때문이다.

"눈치챈 거야, 너도?"

새 담배를 피면서 히라도가 중얼거린다. 슬픈 눈을 하고 있다.

"원래는 거기까지는 못 알아봤으면 했는데. 아니, 그건 아니야. 거짓말이야. 나는 내심 알아봐 줬으면 했을지도 몰라."

"……이건, 시마바라예요?"

가는 눈과 입언저리, 날카로운 턱선이 꼭 닮았다. 물론 자세히 보면 다른 점도 많이 있다. 하지만 인상이라는 점에서 보면 많이 닮은 것이 있었다. 딱 츠구미와 사세보의 누나와의 관계처럼.

"너도 그렇게 생각해? 시마바라하고 닮았지? 생판 다른 사람끼리 닮은 걸지도 모르겠지만, 이런 상황이라면 뭔가 연결점이 있지 않을까 하고 지레 의심하게 돼."

"어쩌면 호타루의 배 속에 있던 아이가 시마바라가 아닐지? 기사처럼 유산한 것이 아니라 몰래 낳았다든지."

"아무리 그래도 그것은 아닐 거야."

한 번쯤은 고려했는지, 히라도는 그 자리에서 단호하게 부정했다.

"가가는 서른한 살 때 죽었어. 지금으로부터 10년 전의 일이야. 살아 있다면 마흔한 살. 사랑의 도피는 열여덟 살 때이니까 23년 전. 여동생은 도피 후 얼마 가지 않아 죽었어. 결국 만약에 둘의 아이가 살아 있다면 스물둘, 셋이 되어 있어야만 해."

"엉성한 기사니까 도피한 것이 스물세 살 정도였다고 생각할 수는 없어요?"

"스물셋이라면 이미 데뷔를 해서 카네기 홀에서 성공을 거둔 시기야. 이미 '게이지(螢司)'라는 이름을 쓰고 있었고. 그리고 만약에 그 시기에 도피했다고 한다면 더 많은 사람들한테 알려졌을 거야. 그러니까 시마바라가 나이를 속이고 있지 않는 한 그의 아들일 수가 없어. 아킬리즈는 입회할 때 형식적이기는 하지만 어쨌거나 학생증으로 본인 확인을 하니까, 나이를 속이는 것은 힘들 거야."

"자, 그럼 이렇게 서로 닮은 것은 어떻게 된 것이죠?"

"몰라."

히라도는 깨끗이 고개를 저었다.

"모르니까 이 잡지를 너한테 보여준 것일지도 모르지."

어제 오늘의 응수와 신뢰관계를 본다면 확실히 나 같은 사람이 아니라 제일 먼저 시마바라에게 들려줬을 터이다. 호타루의 사진을 보고서 아무래도 시마바라에게는 보여줄 수 없었을 것이다. 하지만 그렇다고 해서 자신의 가슴속에 담아두지 못하는 것도……

"히라도 형치고는 약한 모습이군요."

솔직한 감상을 말했다.

"나는 언제나 약해. 벌벌 떨고 있어."

평소처럼 농담 반 진담 반의 말투가 아니었다. 멍하니 비가 내리는 유리 천장을 바라보고 있다.

"도저히 그렇게는 안 보이는데요. 항상 능글능글해서."

"그런가? 그럼, 소시민적인 기도가 성공했다는 것이군. 그것뿐이야."

자학적으로 입술을 일그러뜨린다. 히라도에게서 그런 표정을 보리라고는 상상도 하지 못했다. 의외였다. 나 자신에게는 너무 잘 어울려서 이제는 몸의 일부가 되어버릴 정도의 표정인데, 그렇기 때문에 더욱더 가장 관계가 없을 것 같던 히라도에게 선망하는 마음까지 품고 있었는데.

"시마바라를 어떻게 생각해? 사진과는 관계없이, 사건

후의 대응을 말하는 거야."

"냉철해요. 분위기 파악 못 하는 쓸데없는 발언이나 자신의 가설에 옹고집을 부리는 유치한 부분도 있기는 하지만, 이 상황에서 우리들 중에서는 가장 이성적이고 침착하다고 생각해요."

"그렇지, 정말 감탄한다니까. 좀 전의 하이힐이나 자동차 건도 냉철하게 대응했고 말이야."

"그런데 그건 어떤 의미예요?"

계속 안개 속 같던 의문을 던져보았다.

"너는 아직 몰라도 돼. 단, 절대로 입 밖에 내지 마."

히라도는 깔끔하게 일축했다.

"알고 있어요. 아무것도 못 본 척하면 되는 거죠? 하지만 머지않아 가르쳐주실 거죠?"

"응. 비가 그치거나, 범인이 다음 액션을 취하거나 하면. 좋든 싫든 알게 돼."

히라도는 도저히 못해먹겠다는 듯이 소파에 깊게 몸을 파묻었다.

"시마바라는 굉장해. 유감스럽게도 나는 그 정도까지 냉철하게 생각을 끼워맞출 수 없어. 너는 모르겠지만, 나 같은 사람도 침울해질 때가 있다고."

"무슨 말씀을 하시는 거예요? 저 같은 놈이야 항상 그렇지만요."

츠구미가 살해당했을 때 아무것도 할 수 없었다. 전사가 아닌가, 용자가 될 수 없는가 하며 몇 번이고 몇 번이고 번민했다.

"너랑은 달라. 똑같이 취급하지 마."

미력하나마 히라도 본연의 말투로 내뱉었다.

"나한테는 네 살 많은 형이 있는데 말이야. 성실하고 고지식하지만 다른 사람들 기대에는 모조리 부응한 남자야. 국립대학에 합격한 후 대기업에 취직하고 일찍 결혼해서 아이도 둘을 낳아 지금은 영전해서 런던에 부임 중이지."

"출세 코스네요."

"겉으로 보기엔 획일적이고 재미도 없는 인간일 테지. 실제로 나도 대놓고 그렇게 말하지만, 솔직히 제대로 된 방법으로는 이길 수가 없어. 거의 반 포기 상태지만."

히라도의 멍한 초점은 천장을 향해 있었다.

"내 귀차니즘은 최선을 다하는 것을 두려워하고 있을 뿐인, 단순한 도피가 아닐까 생각해."

히라도를 이 정도까지 침울하게 만든 것은 분명히 사세보의 정체가 아닐까. 왠지 모르게 그런 생각이 들었다.

사세보는 그렇게 칭찬받을 만한 수단은 아니었다고 해도, 한몫 크게 터트려서 유령의 저택을 사들이는 전대미문의 생활을 하고 있었다. 히라도에게 있어서는 형과는 다른 방향의 성공자로서 자신을 대입하기 쉬운 동경의 대상이었을 터이다.

"그런데 이런 사태가 발생한 거지. 만약에 형이었다면 이런 때 어떻게 할까 무심코 생각하게 돼. 의외로 허둥대며 완전히 쓸모없고, 오히려 내가 더 도움이 될지도 몰라 하면서. 물론 그런 것은 단지 소망일 뿐이고, 아무런 근거도 없지만 말이야. 내가 제일 잘 알고 있어. 그런 상황에서 시마바라가 나타났어. 나보다 냉정하고 예리한 데다 나이까지 어려. 분명히 형도 이런 식으로 대처했겠지 하고 생각하니 괴로워져서 말이야. 하이힐 건도 그래. 시마바라는 바로 알아차렸는데 나는 녀석에게 지적당할 때까지 몰랐어. 순간 그 녀석이 형으로 보였어. ……그래서 말이야."

너무 많이 빨아서 금방이라도 떨어질 것 같은 담뱃재를 히라도는 능숙하게 재떨이에 털었다.

"어쩌면 그런 하찮은 질투가 가가 호타루의 사진을 시마바라와 닮았다고 느끼도록 한 게 아닐까 생각한 거야."

그래서 잡지를 보여준 것이구나. 그제야 이해가 갔다.

"뭐, 너한테도 닮은 것처럼 보인다니 완전 잘못 본 것은 아닌 것 같군. 조금은 안심이 된다."

수염 아래로 가냘프게 웃어 보인다.

"실제로 시마바라가 그냥 닮았을 뿐이라고 생각해요?"

대답이 돌아오지 않을 것을 알면서도 무심코 물어버렸다. 질투를 배제한 나머지 귀중한 단서에 대해서 지나치게 눈을 돌리고 있는 것처럼도 느껴졌기 때문이다.

히라도는 잠시 동안 말을 하지 않다가, 이윽고 천천히 입을 열었다.

"……이것만으로 무언가를 결정해버리는 것은 좋지 않아. 때를 봐서 물어보고는 싶은데. 다만…… 만약에, 만약에 말이야, 시마바라가 사세보 형을 죽인 것이라면 어째서 내부자설을 고집했는지 모르겠어. 나에게 동조해서 외부자가 있다고 주장하는 편이 자신의 신변도 안전할 텐데."

"그렇군요. 그런 생각도 가능하네요."

"실제로 나는 범인이 내부와 외부 어느 쪽에 있는지 망설이고 있어. 시마바라의 가설대로 우리들 사이에 범인이 있을지도 몰라. 아니면 지금 눈앞에서 이야기하고 있는 너일지도 모르지."

"농담하지 마세요."

가벼운 투로 대꾸했지만 히라도는 지극히 진지했다.

"농담 아니야. 확실히 시마바라는 냉정하게 용의선상에 올려뒀지. 나도 망설여지긴 하지만 그럴 가능성을 생각했어. 야무지지 못하지. 다만 나는 최고 연장자라서 모두를 아울러야 하는 입장이야. 그래서야. 하기는 리더로서는 심하게 미덥지 않지만."

"모두 히라도 형을 신뢰하고 있어요. 형이 없었다면 패닉에 빠져서 어제 오늘은 아마 제대로 지내지 못했을 거예요. 시마바라만 있었다면 서로 의심하다가 방에서 한 발짝도 나올 수 없었을 거예요."

"나 다음은 오무라니까. 그것만으로도 내 존재가치가 있었다고 하는 걸로 만족할까."

히라도는 으이샤 하며 거의 누워 있던 몸을 일으켰다.

"언제나처럼 요란하게 자랑하시면 될 텐데. 겸손하시네요. 진짜로 히라도 형 맞아요?"

"진짜 맞아. 나는 항상 이런 사람이라고. 이 비가, 이 건물이, 원래의 나를 이끌어냈는지도 모르겠다."

히라도가 새 담배를 뜯고 다시 천장을 올려다본다.

그리고 얼마간 함께 멍하니 빗소리에 귀를 기울였다. 장례의 의미로 지어진 저택 위로 쏟아져 내리는 비. 이 집의 유래를 알게 된 지금은 슬픈 일이 있을 때 내린다는 눈물비로 느껴진다. 이 눈물비가 끝없이 내려 건물을 침식시키고 모든 것을 무(無)로 돌아가게 만든다. 그런 착각조차 들 지경이다. 우리들은 평생 여기에서 나가지 못하고 가가가 만든 반디의 상념 속에 갇힌 채 죽어가는 것은 아닐까. 아니면 〈야주곡〉의 레코드처럼, 그것을 들은 가가 게이지처럼 죽음을 반복적으로 강요당하다가 발광해서 끝나버리는 것일까.

우리들에게 밝은 미래라는 것이 있을까. 츠구미를 잃어버린 나에게도 올까.

"뭐예요, 이 연기는? 이렇게 마구 피우시면 라운지를 전면 금연으로 해버릴 거예요."

깜짝 놀란 치즈루의 목소리에 상가에서 밤샐 때 같은 음산함이 깨졌다. 저녁 준비를 하려고 내려왔다고 한다.

비밀의 문 찾기에, 저녁 준비와 설거지. 어쩌면 모든 멤버 가운데 치즈루가 가장 열심히 활동하고 있는지도 모르겠다.

"뭐가 좋으세요? 제가 만들 수 있는 거라면 신청을 받을 게요."

"오무라는 뭐하고 있어?"

그렇게 말하면서 히라도는 좀 전의 잡지를 쿠션 밑에 슬며시 밀어 넣었다.

"계속 방에 있어요. 오늘은 별로 도움이 되지 않을 것 같아요."

치즈루는 입구에 걸려 있는 전용 앞치마를 걸치면서 아쉬워한다.

"그 녀석 실력만큼은 확실하니까 말이야. 이 합숙의 유일한 수확이야. 다음부터 캠프를 할 때는 꼭 데려간다!"

"이런 일이 있는데도 여전히 아킬리즈를 계속할 생각이에요?"

질렸다는 듯 치즈루가 물었다. 물론 본심은 조금 전 이사하야에게 말한 그대로이지만 그런 기색은 내색조차 않는다.

"그건 별개야. 슬픔을 극복해야지만 진실한 정신이 계승되는 법이지. 아킬리즈는 그만두지 않아. 그리고 여기서 담배 피우는 것도 그만두지 않을 거고."

시위하듯이 아직 반 정도 남아 있는 카멜을 재떨이에 버리고 새로운 담배에 불을 붙인다. 그 표정은 본래의 '이와도'다운 히라도로 돌아와 있었다.

"마츠우라, 혼자 하면 힘들잖아. 나도 도울까?"

조금 안심이 되어 그렇게 말하자, 치즈루는 기쁘다는 듯이 고개를 꾸벅 숙였다.

"그럼 부탁드릴게요. 정말 다행이네요. 솔직히 말씀드리면 저 혼자면 힘들겠다고 생각하던 참이었어요."

## 14. FUMIE  7월 17일 오후 9시 10분

치즈루의 요리를 너무 많이 먹어서 방에 돌아와 침대에서 쉬고 있을 때 차임벨이 울렸다. 문을 열자 히라도가 서 있다. 시마바라의 모습은 안 보이고 혼자다. 탐정 일은 아닌 듯하다.

"무슨 일이세요?"

"지금 당장 라운지로 내려와 줘."

묻자마자 낮은 목소리로 그렇게 대답했다. 저녁 무렵의 독백 비슷한 말투와는 다른, 긴장감이 담긴 목소리였다.

"무슨 일 있었어요?"

"오무라가 당했어."

"정말이에요? 그래서, 오무라 형은 괜찮아요?"

"응, 대단한 것은 아니야. 다만…… 어쨌든 같이 와줘."

문을 잠그고 히라도와 함께 계단을 내려가니 라운지에는 전원이 모여 있었다.

가장 큰 소파에는 오무라가 등을 구부리고 앉아 있다. 아르마딜로로 착각할 정도로 둥글게 구부리고 몸을 떨고 있다. 대상이 겁쟁이인 오무라인 만큼 얼마나 심한 일을 당했는지는 바로 알 수 없지만 그걸 감안하더라도 오늘 아침 욕조에서 검은 머리카락을 발견했을 때와는 비교도 안 되게 떨고 있었다.

"전원 무사한 것 같군."

히라도는 휙 한 바퀴 둘러보고 끄덕였다. 그리고 턱수염을 쓰다듬으며 재촉한다.

"자, 그럼 자세하게 얘기해줄래, 오무라?"

아직 다른 멤버들도 자세한 이야기는 못 들은 것 같다.

오무라는 치즈루가 갖고 온 커피를 양손에 잡고 서투르게 한 모금, 두 모금 마셨다. 그것으로 조금은 안정을 찾았는지 드디어 나직이 쉰 목소리로 말하기 시작한다.

"……화장실에 가려고 밑으로 내려왔어요. 안쪽 복도를 지나서 화장실에 들어가려는데 갑자기 조명이 꺼졌어요.

복도뿐만이 아니라 화장실과 욕실 불도. 완전 깜깜해서 아무것도 안 보였어요. 무슨 일이 일어났는지 몰라서 놀란 채로 그 자리에 서 있었는데, 갑자기 사람의 기척이 느껴지고 동시에 오른손에 뜨거운 것이 흘렀어요. 그러더니 곧바로 어둠 속에서 손이 나와서 몸싸움을 벌이게 되었고 무슨 영문인지를 몰라 그저 있는 힘껏 저항했더니 저를 냅다 밀쳐서……."

오무라는 바닥에 엉덩방아를 찧은 채로 얼마동안 움직이지 못했다고 한다. 다만 범인이 라운지 쪽으로 도망가는 기척만 느낄 수 있었다고 한다. 라운지나 주방과 복도 사이에는 문이 있어서 복도나 화장실 조명이 꺼지면 깜깜해진다. 게다가 화장실은 욕실과 달라서 복도를 굽어 돌아간 끝에 있기 때문에 하수인이 어느 쪽인가의 문을 열고 도망간 것은 새어나온 빛으로 알았지만, 그 뒷모습은 보이지 않았다는 것이다.

당시 라운지에도 주방에도 사람은 없었다. 범인은 어느 쪽인가의 문을 열고 그대로 어디론가 사라진 듯하다.

얼마 있다가 오무라는 놀라서 그 자리에 주저앉은 채 라운지까지 기어왔다고 한다. 라운지에 와서 휘황찬란하게 빛나는 조명을 보고 안심하여 그대로 멍하게 누워 있었다는 것이다. 오직 유리 천장에 떨어지는 비를 바라보고 있었던 듯하다. 이상하게도 위험은 느끼지 못했다고 한다. 마침 마실 것을 찾으러 내려온 치즈루가 그 상황을 발견했다. 간단히 치료한 후 치즈루가 히라도에게 알렸고, 히라도가 즉시 전원을 소집했다. 이것이 현재에 이르게 된 경위였다.

"뒤엉켰을 때 얼굴은 못 봤어?"

"무리예요. 갑자기 깜깜해져서 전혀 눈이 적응이 안 된 상태였으니까. ……게다가 처음에 안경까지 떨어져버려서 훨씬 더 암흑이었어요. 마지막에는 눈이 조금 적응이 됐는지 희미하게 윤곽은 보였지만요."

한숨 돌려서 안정을 찾은 것인지, 커피가 좋았던 것인지, 말에 여유가 묻어나왔다. 오무라의 시력은 0.1 이하로 심한 근시였다. 농담이 아니라 안경을 떨어뜨리면 바닥에 납작 엎드려서 찾아다녀야 할 정도였다. 게다가 어두운 곳이라고 하면 더더욱 기대할 수 없을 것이다.

"그럼 눈앞에 있었는데도 상대에 대해 아무것도 몰랐다는 건가. 도움이 안 되는 녀석이군."

히라도가 애정을 담아서 툭 내뱉듯이 말한다.

"당치도 않은 말 마세요. ……하지만 한 가지는 기억해요. 희미하기는 했지만 하반신에 스커트를 입고 있었던 것 같아요."

"정말이야? 어제부터 계속 여자 유령만 생각해서 그렇게 보인 것 아니야?"

"그런 거 아니에요. 그야 뭐, 확실히는 단언할 수 없지만 뭔가가 흔들리는 것이 스커트였어요."

오무라도 그것은 양보하지 않는다. 설령 착각이었다 해도 그렇게 보였던 것은 사실이었던 것 같다.

"그리고" 하며 오무라는 줄이 끊어진 펜던트를 꺼냈다. 금속제로 한쪽 면만 돌출되어 있다. 반대쪽에는 고리가 달려 있어 아메리카 원주민의 화살촉처럼 보이기도 했다. 크기는 새끼손가락 정도 될까. 그렇게 크지는 않다.

"엎치락뒤치락할 때 이걸 잡았어요. 이거 여자 거죠? 보세요, 뒤에 'FUMIE'라고 새겨 있어요."

"확실히 그러네. 그렇다고 해서 여자라고 단정할 수 없는 것 아닌가. 여자 친구 이름을 새겼을지도 모르고."

"그건 여자 거예요."

옆에서 끼어든 것은 시마바라였다.

"'프리스트'라는 브랜드로 별자리 종류별로 남녀 각각의 종류가 있어요. 이것은 게자리의 여성용이에요. 이름 위에

게자리 마크가 새겨져 있을 거예요."

"분명 있군. 이 69같은 것이 그거지?"

"같은 게자리라도 남성용은 한층 더 크고 중앙부가 좀 더 불룩해요. 제가 게자리라서 잘 기억하고 있어요. 사지는 않았지만. 참고로, 이 타입은 올해 봄에 나온 것이니까 10년 전의 유품 같은 것은 아니에요."

"자세히도 알고 있군. 나는 패션은 꽝이라서. 가지 군은 폼으로 알로하를 감고 있는 게 아니구나."

"어울리게 입고 있다고 말해주세요."

시마바라가 가볍게 받아넘긴다.

"뭐 좋아. 이제야 드디어 처음으로 상대의 실체가 일부 드러난 셈인가. '후미에'라는 이름으로."

히라도가 곤혹스럽다는 듯 펜던트를 꼼꼼히 쳐다보고 있다.

"으음, 체인 부분이 피로 더러워져 있는데, 너, 그렇게 많이 다쳤어? 손에 뜨거운 것이 흘렀다고 했었나? 그러면 바로 치료해야지."

그게, 하며 오무라는 조심조심 오른쪽 손등을 보였다. 손등 가운데에 보통 사이즈 밴드가 달랑 하나 붙어 있을 뿐이다. 그 이외에는 상처 하나 없다.

"뭐야, 약간 긁힌 것뿐이잖아. 그럼 이 혈흔은?"

"아마 상대방 것이 아닐까요? 범인은 칼이나 뭐 그런 것으로 공격했지만 한창 엎치락뒤치락 하는 중에 반대로 상처를 입고 도망친 거라든가."

"그럴지도 몰라. 하지만 때마침 딱 정전이 일어날 리도 없고……. 2층은 아무 일도 없었는데 말이야. 좋아, 그럼 현장을 보고 올까?"

히라도가 일어섰다. 설명을 위해서는 오무라도 일어서야 했다. 당연히 시마바라도 일어섰다. 결국 전원이 줄줄이 안쪽 복도를 향했다. 모두들 신경 쓰였던 것이다.

복도 문을 열자 오무라의 말대로 그 앞은 암흑이 펼쳐져 있었다. 복도 조명은 꺼져 있다. 목욕탕과 화장실도 꺼져 있다. 사용하고 있는 욕실과 화장실은 24시간 조명을 켜두었었다.

"확실히 꺼져 있군."

히라도는 복도의 스위치를 눌러보았지만 아무런 반응이 없다. 딸깍 하는 허무한 소리만 울릴 뿐이다.

"차단기를 내렸군."

그러고는 왼쪽 구석에 있는 세탁실로 걸어간다. 배전반은 세탁실 바로 앞에 붙어 있었다.

"조명 필요해요?"

시마바라가 펜라이트를 비추어 배전반 주위를 밝혔다. 갑작스런 사태에 모두들 당혹스러워하고 있는 중에 냉철하게 라이트를 갖고 온 것이다. 역시 빈틈이 없다.

배전반 뚜껑을 열자 안에는 여러 개의 전류차단기가 있고 그 아래에는 각각의 장소를 나타내는 스티커가 붙어 있었다.

히라도는 "이거군" 하며 왼쪽에서 두 번째 차단기를 올렸다. 순간 복도가 눈부실 정도로 빛나기 시작했다. 어둠에 눈이 적응해 있었기 때문에 이번에는 반대로 무심코 눈을 가려버린다.

"목욕탕과 화장실, 복도가 하나의 블록이었구나."

"범인은 여기에 숨어 있다가 오무라 형이 지나간 것을 확인하고 나서 차단기를 내렸다는 것인가요?"

배전반과 입구와의 거리를 눈으로 재면서 치즈루가 이상하다는 듯이 물었다.

"그건 무리일 거야. 여기는 라운지 입구와 가까운 곳이고, 불도 켜져 있어. 제아무리 오무라라도 알아챘겠지."

"맞아. 내가 지나갔을 때 그런 낌새는 전혀 없었어"라며 치즈루를 향해 강력히 분개한다. 치즈루는 라운지에서 도움을 주고 커피도 타준 은인인 데도 말이다.

"상대가 닌자라면 모르겠지만."

"게다가 이야기를 듣자 하니 상대는 눈이 이미 어둠에 적응돼 있었던 것 같으니까. 어둠 속에서 망을 보고 있었겠지. 여기에서 어둠이라고 하면 여자 화장실과 아까 그 욕실인데……."

히라도는 성큼성큼 걸어서 욕실 앞에 섰다. 두 개 나란히 있는 것 중에 안쪽 것. 오늘 아침 욕조 안에 머리카락이 떠 있던 욕실이다. 당연히 전기는 꺼져 있고 아무도 사용하고 있지 않다.

"여기에 숨어 있었던 거예요? 여기라면 오무라 형의 모습은 확인 가능하지만 차단기는 저쪽이에요."

치즈루가 물었다. 시마바라는 여유 있는 자세로 히라도의 활약상을 관망하고 있다.

"보면 알겠지."

그렇게 말하고 히라도는 탈의실 조명을 켠다.

원인은 한눈에 알 수 있었다. 탈의실 콘센트에 아마도 드라이어에 붙어 있는 것을 잘랐을 것 같은 검은 플러그가 꽂혀 있고 거기에서 도선이 벗겨진 채 뻗어 있었다.

"이걸로 합선시킨 거군."

"수법은 간단하군요. 어쨌든 이것으로, 오무라 형이라고 확인한 뒤에 덮쳤다는 것은 확실해졌네요."

"맞아, 이전에도 그렇고 범인은 오무라를 타깃으로 삼는 것 같은데, 너 누구에게 원한을 산 적이라도 있어?"

치즈루가 오무라를 뚫어지게 쳐다보고 있다. 분명히 '조지의 공범자'라는 단어가 머릿속을 스치고 있음에 틀림없다. 다행히 모두의 눈이 오무라를 향해 있어서 치즈루의 표정에는 눈치를 못 채서 다행이지만, 만약 눈치챘다면 어떻게 설명하려는 것일까. 조마조마하다.

"어처구니없는 말 좀 하지 마세요."

오무라는 섭섭하다는 듯이 부정했다.

"누명이에요. 저는 결백해요. 원한 살 일 따위 하지 않았어요. 애당초 사세보 선배가 살해당한 이유조차도 모르는데."

"본인은 기억 못 하더라도 자기도 모르게 원한을 사기도 하니까. 어쩌면 잘못 알고 너를 덮쳤을지도 몰라."

"그렇다면 더욱더 내 책임이 아니잖아요? 무서운 말씀 하지 마세요."

떨리는 목소리로 옆에 있던 치즈루의 팔을 매달리듯 잡았다. 치즈루는 순간 노골적으로 혐오감을 드러냈지만, 금세 표정을 감추고 오무라를 다독였다.

"오무라 선배, 괜찮아요. 지금은 다들 같이 있으니까. ……그리고 히라도 선배도 너무 겁주지 마세요."

"하하. 현실의 충격에 비하면 별것 아니잖아. 게다가 범인은 중상을 입어서 그럴 정신이 아닌지도 모르지. 그건 그렇고, 오무라. 후미에라는 이름의 여자에 대해 짐작 가는 것 있어?"

오무라는 바로 "없어요"라고 대답했다.

"펜던트에 새겨진 이름을 봤을 때부터 생각해봤는데요, 초등학교 반 친구 중에 한 명 있기는 했지만 4학년 때 어디론가 전학 가버렸고. 애초에 그렇게 사이도 안 좋았고요. 그 이외에는 짚이는 데가 없어요. 특히 최근에는. 하기는 성밖에 모르는 여자들도 많이 있지만."

"히라도 형, 잠깐만 와주세요."

그때 조금 떨어진 곳에서 시마바라의 목소리가 들려왔다. 보니까 시마바라는 혼자서 마음대로 욕실을 빠져나와 화장실 쪽으로 향했던 것 같다. 모퉁이 너머 저편에서 다시 목소리가 들려왔다.

"범인이 사용한 단검이에요."

"뭐!"

서둘러 히라도가 뛰어온다.

"이게 벽 쪽에 떨어져 있었어요. 아마도 격투했을 때 떨어뜨렸겠죠."

본 적이 있는 은 단검을 시마바라는 손수건으로 집어 올렸다. 사세보를 죽인 것과 똑같은 단검이다. 10년 전의 사연이 담겨 있는 단검. 칼날에는 소량의 피가 묻어 있었다. 범인의 것일까?

"단검을 떨어뜨려서 오무라 형을 공격하는 것을 포기하고 도망친 걸까요?"

그렇게 이사하야가 묻자, "그럴지도 모르지" 하고 히라도가 대답했다.

"아무리 눈이 어둠에 조금 익숙해져 있다고 해도 격투 중에 떨어뜨린 단검의 위치까지 찾는 건 어렵겠지. 더군다나 부상을 입었다고 한다면 뒤로 물러날 수밖에 없지. 다행이다, 오무라. 목숨을 건졌네."

"만약에 범인이 단검을 떨어뜨리지 않았다면 제 목숨은 없다는 거예요?"

"그렇겠지? 그런데 이 단검은 도대체 어디에 있던 거지? 여덟 자루 중에 일곱 자루는 10년 전에 사용되어 경찰에 압수당했어. 남은 한 자루는 사세보 형의 가슴에…….

그럼 혹시 이것은 사세보 형의 가슴에 꽂혀 있던 건가?"

히라도는 최악의 상상을 입 밖으로 내었다. 흉기의 재
사용.

"아마도 아닐 거예요. 게다가 단검은 여덟 자루만 있는
게 아니에요."

피 묻은 단검을 손에 쥔 채로 시마바라가 억누르듯 대답
했다.

"분명 이것은 밀랍인형의 가슴에 꽂혀 있던 레플리카*
예요. 사세보 선배를 살해하는 데 사용된 흉기는 오래된
것으로 상당히 낡았지만, 이것은 광택이 새로운 걸 보니
틀림없이 다른 칼이에요. 사세보 선배의 집착을 생각하면
밀랍인형에 쓴 단검도 실물 못지않게 날이 서 있겠죠."

히라도는 턱을 만지작거리며 시마바라의 추리에 잠시
감탄했다.

"그런데 지금 그 말투는, 가지 군은 밀랍인형의 단검이
실물이라고 이전부터 눈치채고 있었던 것 같군. 어째서 이
야기하지 않았지? 알았더라면 사전에 회수해서 숨겨두던
가, 방법은 있었을 텐데."

• 복제품.

146

나무라는 말투에도 시마바라는 태연히 반론한다.

"주방만 해도 열 자루 이상의 식칼과 나이프가 있어요. 진심으로 죽일 마음이 있으면 단검이든 식칼이든 쓸 수 있는 흉기를 손에 쥐고 해치러 올 거라고 생각해요. 10년 전의 사건에 집요하게 집착하는 것이라면 이 단검을 사용하겠지만, 지금까지 범인의 수법으로 보면 그 정도까지의 집착은 보이지 않았으니까요."

반박할 수 없는 정론이다. 하지만 도구가 분위기를 조성하고 행동을 유발하는 경우도 있다. 히라도도 똑같이 느꼈다는 듯이 말했다.

"식칼이라면 범인은 덮치지 않았을지도 모르지."

시마바라는 거기에는 답하지 않았다. 왠지 모르게 무거운 분위기가 감돈다.

"이거 단추 아니에요?"

그 분위기를 어지럽히듯 말을 꺼낸 것은 치즈루였다. 그대로 웅크리고 앉더니 집어 들고 나선 맨손이었다는 것을 깨닫고 당황해서 손을 뗀다. 바닥에 떨어진 단추는 데굴데굴 굴러갔다.

"한 번 손을 댄 것은 어쩔 수 없지. 엎질러진 물은 다시 담을 수 없고, 호적은 어지럽혀졌어."

유유히 다가온 히라도는 맨손으로 아무렇게나 단추를 주워 올린다. 그것은 5엔 동전 정도의 작은 크기로, 담갈색 목제 단추였다.

"중앙에 'CENTAUR'라고 로고가 들어가 있네."

"그것도 유명한 여성복 브랜드예요. 가슴 쪽 단추가 뜯어져 튕겨 나간 것일지도 모르겠군요."

틈을 두지 않고 바로 시마바라의 해설이 들어간다. 치즈루도 놀랄 정도의 스피드였다.

"떠나가는 새가 머물러 있던 곳을 너무 더럽혔군.* 오무라보다 범인 쪽이 오히려 패닉에 빠졌던 것 같은걸. 설마 오무라가 반격하리라고는 생각지도 못한 건가?"

"무슨 의미예요, 그거?"

제일 뒤쪽에서 오무라가 쉰 소리로 뚱해한다. 치즈루라면 몰라도 오무라가 뚱해졌다고 해서 귀엽지도, 딱히 어떻지도 않다.

"말 그대로야. 그리고 범인은 실패해서 또 어딘가의 아지트로 도망가 버렸다는 거지."

"조금 전에 내려올 때 현관문이 조금 열려 있었어요."

---

* 원래 속담은 '떠나가는 새는 머물러 있던 곳을 더럽히지 않는다'이다.

시마바라가 지금까지 이상으로 차갑게 말했다.

"그때는 자세한 사정을 몰랐기 때문에 조금 이상하게 생각했을 뿐이었는데, 어쩌면 중상을 입고 파이어플라이 관에서 도망쳤는지도 모르겠군요. 펜던트를 떨어뜨려서 이름도 알려지게 되어버렸고. 일단 차고를 확인하는 편이 좋을 것 같아요."

하지만 그건 아까……. 그렇게 말을 꺼내려는데 히라도가 이쪽을 노려보았다. 너는 말하지 마. 강한 빛을 담은 눈이, 분명히 그렇게 말하고 있었다.

어쩔 수 없이 입을 다물고 있자, 척척 일이 진행되어 히라도와 시마바라는 둘이서 건물 밖으로 나갔다.

"잠깐 상황을 보고 올게. 너희들은 라운지에서 꼼짝 말고 쉬고 있어. 밖이 아니라 건물 안에 아직 숨어 있을지도 모르니까 말이야. 이사하야, 뒤를 부탁해."

옆으로 내리 붓는 비를 맞으며 현관문을 닫았다.

"이렇게 깜깜한데 괜찮을까?"

치즈루가 걱정스러운 듯이 중얼거렸다.

"저 두 사람이라면 괜찮아."

오무라가 마치 다른 사람 일처럼 말한다. 히라도가 괴롭혀서 그런 것이겠지만, 매정한 녀석이다.

"히라도 형이 말한 것처럼 라운지에서 기다리고 있자."

그 말을 계기로 줄줄이 라운지로 돌아간다. 모두 입을 꾹 다물고 있다. 의자에 몸을 맡겨도 왠지 편안하지 않다. 천장에 내리 쏟는 빗소리가 대화의 불씨를 눅눅하게 만든다. TV를 틀었더니 마침 뉴스가 나왔는데 화면 저편에도 비다. 전선이 푹 주저앉아, 당분간 그칠 기미가 없다고 한다. 짜증이 난다.

히라도와 시마바라가 흠뻑 젖어서 돌아온 것은 15분 후였다. 시간상으로는 15분이지만, 실제로는 지루한 영화를 한 편 본 것 같은 시간으로 느껴졌다.

히라도는 애가 타서 안절부절못하고 있는 모두를 앞에 두고 흥분한 기색으로 말했다.

"차고에서 사세보 형의 왜건이 사라졌어. 왜건으로 도망간 것 같아서 다리가 건널 수 있게 되었는지 보러 갔더니, 다리는 못 건너고 왜건이 강에 곤두박질쳐져 있었어."

타월로 머리와 수염을 닦으며 점심 때 보았던 광경을 그대로 숨도 쉬지 않고 말한다. 운전석에 남아 있던 혈흔과 강가의 하이힐에 관한 이야기도. 물론 흥분한 말투는 연기일 것이다.

"저 상태라면 틀림없이 범인은 강물에 휩쓸렸을 거예

요. 이제 괜찮겠죠."

시마바라도 도장을 찍듯이 재차 확인한다. 하지만 도장을 찍으면 찍을수록 머릿속에 의문이 소용돌이친다. 물론 이 두 사람이 하는 일이다. 무언가 생각이 있을 테지만 그것이 어떤 의도인지는 전혀 알 수 없었다. 용자가 되지 못하는 자의 슬픈 모습이다.

"다행이다. 이것으로 이제 안심이네요."

묘한 긴장감이 감도는 라운지에 희색이 만연한 오무라의 말만이 울려 퍼진다. 마치 국회의원 선거에라도 당선된 것처럼 만세 삼창이라도 할 것 같은 기세이다. 게다가 본인은 자신이 혼자 들떠 있다는 사실을 전혀 모르는 있는 눈치이다.

과장되다 싶을 정도의 반응을 보니, 오무라는 정말로 습격을 당한 걸까……. 갑자기 그런 의문이 생겼다.

## 15. 종유동 7월 17일 오후 9시 45분

"몸도 흠뻑 젖었고, 목욕이나 해볼까. 이제는 밤이 되어도 아무것도 안 나오겠지. 만사 해결이라고."

설명을 끝내고 담배를 한 대 태운 뒤 히라도가 큰 소리로 웃었다.

"그다음은 축배라도 들까요?"

따라 하듯이 시마바라도 일어섰다. 여전히 두 사람의 안색만 봐서는 아무것도 읽어낼 수 없다.

"히라도 형, 그 전에 할 얘기가 있어요."

이 기회를 놓치지 않겠다. 그런 기세로 이사하야가 일어섰다. 욕실로 향하려던 히라도의 발이 딱 멈춘다. 히라도뿐만이 아니다. 전원의 시선이 향한다. 치즈루도 역시 복잡한 표정으로 바라보고 있다.

"지금까지 다물고 있어서 죄송해요."

그렇게 먼저 사과한 뒤 치즈루가 발견했던 비밀의 입구 이야기를 설명했다. 시계 이야기, 계단 이야기, 그리고 조지 이야기. 다만 치즈루의 정체만은 언급하지 않았다. 히라도는 처음에는 조용히 경청했지만 조지의 이야기를 할 때 '역시!' 하는 눈치로 크게 수긍했다.

"실은 나도 사진이 닮았다는 것을 오늘 아침에 알았어. 설마 하며 몇 번이고 부정했지만……."

"기다려봐. 나는 믿을 수 없어. 사세보 형이 그 조지라니. 아무리 사세보 형이 특이하다고 해도, 이미 죽었다고 해도, 이사하야, 말이 지나쳐."

쉰 목소리로 항의를 해댄 것은 오무라였다. 그도 3학년 이니 이 멤버 중에는 히라도 다음으로 사세보와의 교제가 길었다.

"하지만 저 사진을 보면……."

그렇게 이사하야가 반론하려고 했다.

"나는 누나의 사진이 츠시마하고 그렇게 닮았다고는 느끼지 않았어. 게다가 제아무리 죽은 누나를 좋아했다고 해도 어째서 닮은 여자들을 죽여야 했던 거야. 게다가 그렇게 몸이 썩을 때까지."

"지금부터 그 방에 가보자고요. 그러면 모든 게 분명해지겠죠."

냉정하게 중재한 것은 시마바라였다. 아니, 평소보다는 다소 냉정함이 결여되어 있을지도 모른다. 그 이유는 간단하게 알았다. 힐끔힐끔 하며 시선이 치즈루를 향해 있었기 때문이다. 하필이면 치즈루가 자신보다 먼저 눈치채고 알아낸 것이 분한 듯했다.

치즈루는 조지에 관한 것에 대해서는 정체를 숨긴 채 제삼자를 가장하고 있다. 그 빤히 들여다보이는 새초롬한 포즈가 진짜 이유를 알지 못하는 시마바라를 더욱더 자극했는지도 모른다. 시마바라가 여유를 보일 때의 태도와 닮아 있기 때문이다.

"그렇군. 목욕은 뒤로 미루고, 어쨌든 반디의 방으로 가보자."

히라도의 한마디에 물론 이의를 제기하는 사람은 없다. 줄줄이 2층으로 올라가 반디의 방에 들어갔다.

"시침을 한 시간 늦추는 거예요."

치즈루는 유리 뚜껑을 열고 손가락으로 직접 시계바늘

을 돌렸다.

"아무 일도 없잖아."

오무라가 초조해했다. 아직 30초.

"조금만 더 기다려 주세요. 그러면 반응이 있으니까."

정확히 1분 후 괘종시계에서 찰칵하는 소리가 나더니 안쪽 방에서 드르륵하는 작은 소리가 울렸다. 문이 움직인 소리일 것이다. 주의하지 않으면 놓치기 쉬운 크기의 볼륨이다.

라디오 기능이 달린 커다란 회중전등을 손에 쥔 히라도가 선두에 서서 창고의 문을 연다. 보아하니 정면의 콘크리트 벽이 완전히 사라져 있었다. 휑하니 어두운 공간이 입을 벌리고 있다. 두꺼운 벽은 미닫이문처럼 오른쪽 구석으로 들어가 있다.

"일부라면 몰라도 벽 전체가 문일 줄은 전혀 몰랐는걸."

턱을 쓰다듬으며 히라도가 감탄한다.

"대단한 발견인데, 마츠우라."

"별말씀을. 우연이에요."

치즈루는 얌전한 표정으로 겸손해했다. 그것도 역시 마음에 들지 않는지 시마바라는 잠깐씩 씁쓸한 표정을 짓고 있다.

입구 안쪽에는 계단이 있고 오른쪽에 아래로 내려가는 계단이 이어져 있다. 콘크리트가 노출되어 있는, 딱 보아도 뒷문용이라는 것을 알 수 있는 간소한 계단이다. 무수한 얼룩과 진흙자국으로 지저분하게 변색되어 있었다. 환기는 되고 있겠지만 어딘지 곰팡내가 난다.

"발밑 조심해."

불을 들고 있는 히라도가 조금씩 조금씩 천천히 내려간다. 한 번 꺾어지고, 두 번 꺾어지고, 아무리 봐도 한 층이라기엔 깊이 내려가고 있다.

"어디까지 내려가는 거지? 꽤 많이 왔잖아."

아직 보지 못한 타르타로스에 대한 공포 때문인지, 울려 퍼지는 여섯 명분의 발소리에 겁을 먹었는지, 오무라가 울면서 애원했다. 앞을 걷고 있는 치즈루의 팔을 꽉 잡는다.

"이제 금방 도착할 거예요. 괜찮아요. 범인은 도망갔으니까."

치즈루는 상냥하게 대답하면서 살며시 팔을 흔들어 풀었다.

"오, 끝이 보이기 시작했어."

히라도의 회중전등이 계단의 끝 지점을 드러낸다. 도합

다섯 번을 좌우로 꺾으며 히라도 탐험대는 최하부에 도달했다. 계단과 마찬가지로 콘크리트가 드러난 좁은 공간. 거기서부터 직각으로 완만한 슬로프가 10미터 정도 이어져 있다. 방향은 북쪽을 향해 있는 듯하다.

"이 앞이에요."

치즈루가 말하자, 곧바로 히라도의 회중전등이 안쪽을 비춘다.

통로의 막다른 곳에는 검은 문이 하나 있었다.

"여기로군."

신중한 발걸음으로 통로를 걸어서 문 앞에 섰다. 떡갈나무 재질의 초콜릿 같은 패널이 붙어 있는, 사장실에나 붙어 있을 법한 위압감 있는 문이었다. 검은 광택이 내는 존재감은 주위의 볼품없는 콘크리트 벽에 비해서 명백히 어울리지 않았다.

문 자체는 사세보가 새로 주문했을 것이다. 새것 같은 광택을 뽐고 있다. 다만 상부에 걸린 플레이트는 10년 전 그대로인 듯, 갈색으로 변색된 판에 'GLOWWORM'이라고 퉁명스레 새겨져 있었다.

"그렇군! 이제 이해가 가요."

소리를 지른 것은 시마바라였다. 목에 걸린 가시를 뺀

것 같은 표정이다. 하지만 바로 엄한 눈빛으로 돌아와 플레이트를 노려보면서 말했다.

"반디의 방에 장식되어 있던 것은 성충뿐이었어요. 그것도 곤충형의. 일본에서는 반디라고 하면 반디나 애반디 같은 곤충형이지만, 세계적으로 보면 유충형 혹은 암컷만 유충형인 종류가 많아요. 땅반디라는 표현을 쓰는데, 그것도 물론 빛을 내요. 반디를 수집하는 것이라면 당연히 그 것들도 있을 법한데, 한 마리도 보이지 않아서 이상하다고 생각했었어요."

"그 땅반디가 GLOWWORM인 셈이군. 한쪽은 하늘을 나는 아름다운 FIREFLY. 한쪽은 땅을 기는 GLOWWORM인가. 웜이라면 지렁이 같은 것이잖아. 같은 반디라도 왠지 애처로운데."

반디가 여동생의 이름이라는 것을 안 지금은 더욱 그렇다. 히라도는 핀을 찰칵찰칵 열쇠 구멍에 찔러 넣는다. 드디어 찰칵하고 자물쇠가 풀렸다.

"자, 뭐가 나올까."

조심스럽게 문을 연다. 안에서 비어져 나오는 빛. 오렌지색 조명이 밝게 빛나고 있었다.

검게 칠해진 벽과 천장. 반디의 방 정도는 아니지만 넓은 실내였다. 양 사이드에 유리로 된 쇼케이스가 진열되어 땅반디들이 전시되어 있다. 유충 상태의 것이나 형태는 곤충이지만 날개가 퇴화한 것 등. 이름만 반디일 뿐인, 추하고 화려하지도 않은 땅을 기어 다니는 벌레들이 쇼케이스 안에 꽉 차서 북적대고 있다. 유리 천장에서 태양빛을 쬐는 반디의 방이 아니라, 굳이 지하에 비밀리에 전시된 벌레들. 곤충이지만 날 수 없다. 날개가 뜯어져 나가 아름다운 몸을 갖지 못한 벌레들. 마치 용자가 되지 못한 나 자신을 보는 것 같은 착각이 든다.

"도저히 반디로는 안 보이는걸. 다른 이름이 붙여진 이유도 알 것 같아."

히라도가 한숨을 내쉬며 말한다. 치즈루는 징그럽다는 듯이 쇼케이스에서 시선을 돌리고 있다.

만약에 살아 있다면 빛을 내어 아직 어필할 기회가 있었을지도 모른다. 하지만 생명의 빛이 사라진 땅반디들의 그 추악한 잔재는 사람들이 몹시 꺼려 하는 그냥 버러지와 다를 바 없었다.

"〈불타는 곤충군단〉이라도 보고 있는 것처럼 기분이 안 좋군. 이런 반디도 꽤 종류가 많구나. 그런데 이 방에는 반디밖에 없는 것 같은데."

오무라의 말대로 실내 인테리어는 무기질의 쇼케이스뿐이었다. 쓸쓸한 시골 마을에 있는 한산한 박물관처럼. 마니악한 전시실로는 손색없지만, 비밀의 방이라 부르기에는 너무나 생활감이 없다.

"안에 문이 또 하나 있어요."

보니까 방 안쪽에 검은 문이 박혀 있다. 벽과 같은 색깔로, 최대한 눈에 띄지 않게 되어 있는 것 같다. 가까이 가니 문은 강철로 되어 있는 것을 알 수 있었다.

"완전 기대되는걸."

히라도가 성큼성큼 걸어가서 손잡이에 손을 대었다. 이쪽 문은 열쇠가 잠겨 있지 않았다.

"왠지 서늘한데. 이렇게 무거운 문이라니. 저 안에는 거대한 냉장실이라도 있는 건가."

끼익 하며 경첩이 무겁게 삐걱거리고 문이 열렸다.

히라도의 예상은 절반은 적중했다. 문 저편은 방이라고도 동굴이라고도 할 수 없는, 냉기가 충만한 공간이었기 때문이다.

입구에서 5미터 정도는 평범한 방이다. 검은색으로 잘 발라 다져진 벽과 천장, 카페트. 네 모퉁이의 조명. 서가와 책상, 소파가 드문드문 놓여 있다. 어딘가에서 본 적 있는 풍경이다.

"지하 서재인가. 그대로 판박이네. 또 하나 만들어놓은 셈이군."

압도된 듯이 히라도가 신음을 냈다. 내장과 가구, 그 배치까지 거의 모든 것이 2층의 서재와 동일했다.

"오히려 이쪽이 생활감은 있는 것 같군요. 어쩌면 여기에서 머무르는 시간이 서재보다 길었을지도 모르겠어요."

시마바라가 대답한다.

하지만 눈가리개를 하고 여기에 왔다고 해도 서재와 착각할 일은 결코 없을 것이다. 왜냐하면 2층 서재에서 창문이 있던 위치에는 벽도 창문도 없고 휑하니 커다란 구멍을 뚫어 종유동이 연결되어 있었기 때문이다. 마치 종유동에 방 세트를 억지로 끼워놓은 듯한 구조이다. 보틀 쉽(bottle ship)이 아닌 보틀 룸.

방을 덮고 있는 종유동은 10미터 정도에서 폭이 좁아지고 검은 커튼으로 구분되어 있다. 커튼 틈으로 차가운 바람이 유유히 입구까지 흘러나오고 있었다.

둥그스름한 불투명한 동벽은 붉은 기가 강한 조명에 비추어져 아름다운 줄무늬 모양의 그러데이션으로 물들어 있다. 미세한 얼룩이 드러나 본래 조용한 세계에 활기와

161

같은 약동감을 주고 있다. 검정 일색의 인공적 세계에서 갑자기 원시 세계로 내던져진 것 같은 느낌이다.

올려다보니 천장에는 종유석이 드러나 있다. 그렇게 자라지는 않아서 다소 작은 편이지만, 원추 끝에서 물이 똑똑 떨어지고 있다. 상당한 빈도로. 아마 지상에 비가 많이 오기 때문이라는 생각이 들었다.

"지하에 이런 동굴이 있을 줄이야. 어쩌면 이런 이유로 이 장소에 파이어플라이관을 세운 것이겠지만."

"반디가 출몰하는 장소라는 이유만이라면, 찾아보면 훨씬 좋은 입지도 있었을 테죠."

그런 시마바라의 관심은 천연의 종유동보다도 인공의 실내로 향해 있었다. 선반에 세워져 있는 바이올린을 잡고서 현을 팅 하고 튕긴다.

"귀중한 스트라디바리우스가 습기 때문에 엉망이 되어 있어요."

"10년 전에 사라진 애기(愛器), 로커스트인가. 아무리 사세보 형이라도 누설을 염려해서 수선을 맡기지 못했을지도 모르겠군."

"아무래도 그렇겠죠. 스트라디바리우스를 고칠 수 있을 정도의 공방이라면 로커스트의 출처도 당연히 알아차릴 테고. 아무리 돈을 퍼주어도 소문은 금세 퍼지죠."

눈이 아플 정도로 검은색으로 뒤덮인 벽에는 꽃병과 과일, 물 조리개 등의 정물을 그린 유화가 틈을 메우듯이 여러 개 걸려 있었다. 2층 서재에서는 그러했다.

하지만 지하 서재는 달랐다. 액자 안 정물화가 전부 인물 사진으로 바뀌어 있었다.

가가 호타루의 사진으로.

십대 후반쯤일까. 잡지에 게재되었던 화질이 떨어지는 사진과는 달리 어느 것 하나 빠짐없이 젊고 생기로 가득 차 있었다. 행복한 미소를 지은 근접 사진, 계곡에서 물에 발을 넣고 즐거워하는 사진. 애견과 나란히 즐겁게 웃고 있는 사진, 산꼭대기 전망대에서 브이 표시를 하고 있는 사진. 수영복을 입은 바다 사진, 나들이옷을 입은 졸업식 사진. 가가 게이지와 둘이 바싹 붙어 있는 사진. 세월이 지나 퇴색되어 있었지만 모두 생전의 호타루의 사진들이었다. 그것들이 벽면 한 면을 가득 채우고 있다.

"여기가 진정한 반디의 방이로군……."

거기서 히라도는 말문이 막혀버렸다. 필름 속에 담긴 순간순간이 모두 행복해 보이는 것에 슬픔을 느꼈기 때문이리라.

"누구예요, 이 사람?"

사정을 모르는 오무라가 묻는다. 가가 호타루에 대해서 오무라에게 설명했다.

"그럼 파이어플라이관이라고 하는 것은 여동생 이름에서……?"

새삼스럽게 사진을 보고 기겁을 했는지 한 걸음 두 걸음 뒷걸음질 친다.

"왠지 모르게 무서워요 여기. 모두 여기가 원흉이에요, 틀림없어요."

"더 무서운 게 반대편에 있어."

히라도의 눈빛은 슬픔에 잠겨, 흐릿해져 있었다. 2층 서재에서는 침실로 향하는 문이 있던 위치. 여기에서는 문은 없고 벽으로 되어 있으며 똑같이 사진이 몇 장 걸려 있었다. 진열된 사진은 호타루의 것은 아니었다. 더욱 새로운, 선명한 검은 머리 여성.

"사세보 선배의 누나군요. 서재 액자에 있던."

오무라의 말대로 사세보의 누나가 웃고 있는 사진, 애인처럼 어깨를 감싸고 있는 사진 등이 답답하게 진열되어 있다. 격렬한 정념(情念)을 나타내기라도 하듯 조금의 틈도 없다. 그 조망은 조금도 부정할 수 없을 정도로 히라도

164

의 추측을 뒷받침하고 있다.

하지만 정말로 히라도를 우울하게 만드는 것은 그 옆에 나열되어 있는 사진이었다.

사세보의 누나와 닮은 여자들의 사진. 본 적이 있는 면면들이다. 모두 조지의 피해자들이었다. 오른쪽에서 세 번째에는 웃고 있는 츠구미의 모습도 있다. 노란 깃이 달린 모자를 쓴 사진. 이 사진은 기억하고 있다. 나도 갖고 있다. 작년 봄에 미노오(箕面)에 갔을 때 찍은 것이다. 5월인데도 우박이 내려서 발이 묶였었다. 확실히 기억하고 있다. 그것이 대형판으로 프린트되어 피해자 중 한 명으로서 진열되어 있다.

"……츠구미."

나도 모르게 새어 나왔다. 1년간의 상념이 주마등처럼 머릿속을 스쳐간다. 츠구미, 츠구미, 츠구미.

불현듯 생각나서 치즈루를 보았다. 치즈루는 새파래진 얼굴로 입에 손을 대고 몸을 떨면서도 필사적으로 버티고 있었다. 소리 지르고 싶은 것을, 쓰러져 울고 싶은 것을 그저 참고 있었다. 대단한 녀석이다. 나보다도 훨씬 더 오랜 세월을 츠구미와 함께 지냈을 텐데. 보상받을 수 없는 애정을 계속 간직해왔을 텐데도.

"역시 피할 수 없는 진실이었던가. 어째서예요, 사세보 형. 왜 그랬어요."

피해자의 영정 사진을 보면서 히라도가 한탄한다. 이제 더 이상 외면할 수 없다.

"이것은?"

오무라는 아직 믿을 수 없다는 표정으로 고개를 좌우로 흔들고 있다.

"사세보 선배가 조지라는 것은 확정된 것 같군요."

자세히 바라보고 있던 시마바라가 말을 꾹 참듯이 되돌아본다.

"하지만, 츠시마 씨가 살해당했을 때는 일단 아킬리즈 멤버들도 의심을 받았을 거 아니에요? 그때…… 뭐랄까, 마을에서 떨어진 곳에 이런 수상한 별장을 갖고 있었다면 좀 더 조사를 했었을 것 같은데요."

당연한 의문을 던지자, 히라도가 답했다.

"그게 사세보 형은 그 전후로 해서 나와 3학년 세치바루(世知原)와 세 명이서 후쿠오카까지 스폿 순례를 하고 있었어."

"그럼 사세보 선배는 조지가 아니에요?"

"아니, 조지일 거야. 이 방을 봐버린 이상. 유감이지만 말이야. 이들은 모두 피해자야. 하지만 어떻게 가능했는 지는 모르겠어. 사세보 형도 우리랑 아침까지 술을 마셨었 고, 아무리 그래도 오사카까지 되돌아오는 것은 불가능해. 만약에 알리바이가 없었다면 경찰도 좀 더 의심했을지도 모르겠지만. ……확실히 이 피해자들은 이렇게 누나의 사 진과 같이 진열하니 닮은 점이 일목요연하네. 경찰도 이것 을 보았더라면 대응이 달라졌을 텐데."

"알리바이 말인가요? 히라도 형과 세치바루 형이 말을 맞추었다면 간단히 무너질 수 있어요."

"질 나쁜 농담은 하지 말아줘."

히라도는 웃음기도 없이 딱 잘라 말한다.

"나는 사세보 형을 좋아했어. 하지만 조지한테는 분노 를 느끼고 있다고."

주먹을 굳게 쥔 히라도의 시선은 츠구미의 영정 사진을 향한다. 어쩌면 히라도도 츠구미를 좋아한 것일까?

사진 속의 츠구미는 그저 영원한 미소를 띠고 있다.

"……이상해요."

마지막 사진에 이사하야의 눈이 멈춘다. 병원을 배경으 로 한 젊은 간호사의 사진이었다.

"이 사진 속의 여자는 본 적이 없어. 조지의 피해자는 모두 기억하고 있는데 말이야."

"피해자가 될 예정이었던 여자, 즉 범인 사진일까요?"

이 가운데 유일하게 충격을 받지 않은 시마바라가 조용히 해답을 제시했다. 오직 시마바라만이 이곳의 무거운 감정으로부터 가벼워 보였다.

"이 사람이 후미에인가. 확실히 핑크빛 립스틱이군."

사진 속의 여자는 겉모습은 화려했지만 눈초리나 턱선, 앞니의 형태가 사세보의 누나와 닮아 있었다. 그리고 츠구미와도 어딘가 닮아 있었다. 짙은 화장을 지우고 웨이브한 앞머리를 스트레이트로 펴면 꽤 비슷한 인상이 된다.

"영정 사진 가운데 자신의 사진이 있는 것은 눈치채지 못했나 보네요."

"자신이 피해를 입었다면 더욱더 이 사진들에서 눈을 돌리고 싶어질 테니까. 놓쳐도 어쩔 수 없지."

"다리도 못 건너고 파이어플라이관에서 도망가지 못한 후미에는 요 이틀간 여기에서 숨죽이고 있었던 걸까요?"

후미에의 사진을 보면서 이사하야가 물었다.

"우리들을 조지와 한패라 굳게 믿었는지도 모르지. 그렇게 봐도 어쩔 수 없는 상황이잖아?"

"비극이에요. 모든 게 비극이에요. 이런 합숙 안 오는 게 좋았어."

오무라가 발을 내려다보며 내뱉듯 말하고서 버팀목을 잃어버린 듯이 중앙의 의자에 주저앉는다. 끼익 하고 로코코풍의 의자가 소리를 낸다.

"조지는 여자를 능욕하고 살해한 뒤 사후 얼마 동안은 수중에 두기까지 했잖아요? 그런 것치고는 여기는 피 냄새가 안 나는군요. 역시 메인은 커튼 안쪽이겠죠?"

시마바라가 동굴을 가로 막고 있는 커튼을 바라보았다. 바람에 검은 커튼의 밑단이 조금 하늘거린다.

저 안에 조지의 죄가, 츠구미의 마지막 혼이 있다.

"……가볼까!"

히라도가 나직이 중얼거렸다.

"진짜예요? 사세보 선배의 정체나 범인이 누구인지도 알았으니까 이걸로 충분하잖아요. 굳이 위험한 곳을 보지 않더라도. 나머지는 경찰에 맡기자고요."

오무라는 왼손으로 의자 등을 꼭 쥐고 버텼다. 치즈루는 창백한 얼굴 그대로 아무 말 없이 히라도를 보고 있다.

"이왕 독을 먹을 거면 접시까지. 여기까지 왔으면 갈 수밖에 없잖아. 보기 싫은 사람은 여기 남아. 하지만 내게는 사세보 형의 진짜 모습을 마지막까지 지켜볼 의무가 있어.

두 눈에 똑똑히 담아갈 의무가, 적어도 내게는 있어."

히라도는 각오를 한 듯하다. 그 표정에 흔들림은 없었
다. 시마바라는 당연하다는 듯 그 뒤를 따라간다. 뒷모습
에는 강한 의욕도 없거니와 두려움도 없다. 조용한 긴장감
이 감돌 뿐이다.

"어떻게 할 거야, 너희들은?"

커튼 앞에서 히라도가 뒤돌아본다.

"갈 거예요. 저도 아킬리즈 멤버니까, 간다고요."

대표로 오무라가 소리쳤다.

커튼 안쪽은 좁고 긴 동굴처럼 되어 있었다. 높이는 삼
미터가 안 된다. 폭은 세 사람이 나란히 걸을 수 있을 정도
이다. 옆에 있는 스위치를 누르자 불이 켜졌다.

그와 동시에 50미터 정도 앞까지 동굴이 이어져 있는
것을 알 수 있었다. 그 앞은 아무래도 점점 좁아지는 듯하
다. 동굴은 이어졌지만 사람이 지나갈 수 있을 정도의 크
기는 아니다.

"의외로 작네요. 슈호(秋芳) 동굴*까지는 아니더라도 더 크고 긴 것을 상상했었는데. 석회암 테이블이나 폭포 같은 것이 펼쳐져 있는 파노라마를."

매끈매끈한 벽면에 손을 뻗치며 시마바라가 말하자 히라도가 대답했다.

"파노라마에 땅반디는 안 어울리지. 나는 오히려 이럴 거라 생각했어. 만약에 더 컸다면 지하 서재를 입구 부근에 두지 않고 더 안쪽에 만들었겠지. 나라면 그렇게 해."

"과연. 일리가 있는 말이군요. 그렇다면 메인 디시는 저 두 개의 구멍이겠죠?"

동굴 오른편에는 10미터 앞, 왼편에는 30미터 앞에 하나씩 구멍이 입을 벌리고 있었다. 내부의 빛으로 생긴 석회벽 그림자가 동굴로 이어져 있다.

어느 쪽 입구도 아름다운 아치를 그리고 있다. 균형 잡힌 곡선을 보니 사람이 지나갈 수 있도록 손을 봐서 넓힌 듯하다.

먼저 앞에 있는 구멍을 들여다보니 아주 엷게 이상한 냄새가 코를 찔렀다. 시체 썩는 냄새다.

---

• 야마구치 현에 있는 대규모 종유동. 총길이 약 10킬로미터.

다다미 열 장 정도의 넓이쯤 될까. 천장은 2미터 정도에 압박감이 느껴지는 공간이다. 안쪽에서는 느릿하게 물 흐르는 소리가 들려온다. 그와 동시에 그곳에서 바람이 들이쳐서 천장으로 소용돌이치듯이 올라가고 있다. 이 바람과 물의 흐름에 시체 냄새가 흡수되어 어둠으로 사라져가는 것이겠지. 오른쪽 옆에는 목제 옷장이 놓여 있고 그 옆에는 길쭉한 삼면경이 있다.

그리고 중앙에는 캐노피가 달린 고풍스런 더블침대가 놓여 있었다. 카페트도 마루청도 없는 석회암이 그대로 드러나 있는 지면에 어울리지 않게 덩그러니.

침대의 네 다리에는 체인이 묶여 있고 체인 끝에는 가죽 고리가 연결되어 있다. 족쇄일 것이다. 몸통줄인 것 같은 긴 벨트도 중앙에 축 늘어뜨려져 있다. 이불과 시트는 붉은 피로 더럽혀져 있다. 자세히 보니 침대 아래쪽 석회암 바닥에도 검붉은 얼룩이 종유동의 얼룩무늬와는 다르게 독자적인 문양을 만들고 있다. 변색된 혈흔이었다.

무엇에 사용된 방인지는 일목요연했다. 제일 끝에 있던 치즈루가 보자마자 웩 하고 토할 듯이 고개를 돌린다.

"사세보 형……."

조지가 저지른 생생하면서도 리얼한 증거를 눈앞에 두

고 히라도가 작게 중얼거렸다.

　종유동의 환상적인 조망과는 반대에 위치하는 광경. 오랜 세월의 결과 몇 겹이나 겹쳐지고 쌓여 생긴 줄무늬 경계. 이 자연이 빚은 예술 속에서 사세보는 몇 명의 희생양을 괴롭히고 살해한 것일까. 그 정도로 누이의 죽음은 그의 마음에 상처를 남겼던 걸까.

　침대에 묶인 츠구미가 울부짖으며 살려달라고 하는 소리가 동굴 속에 메아리쳐 몇 겹이고 꼬리를 문다. 그런 슬픈 단말마가 환청으로 들려온다. 무의식중에 귀를 막았다.

　"후회하고 있어요, 히라도 형?"

　"아니, 이걸로 됐어. 확실해. 사세보 형이 츠구미를 죽인 거야."

　"혈흔이 새로운 것을 보니 틈틈이 이불은 새로 바꾸어 놓았던 것 같군요. 아무래도 이 습기로는 금세 못 쓰게 될 테니까. 이 피는 틀림없이 사세보 선배의 것이겠죠. 여기서 살해당하고 서재까지 옮겨졌겠죠."

　밉살스러울 정도로 냉정한 시마바라가 침대에서 옷장으로 옮겨가 양쪽 문을 연다. 승마용 채찍과 목줄, 억압복, 마스크 등의 용구가 덜렁덜렁 매달려 있었다. 바닥에는 양초와 칼, 포승줄. 그중에는 피가 묻어 있는 것도 있다. 시마바라조차도 만지지는 못하겠다는 듯 바로 문을 닫았다.

이어서 삼면경의 서랍을 당긴다. 약품과 거즈 같은 것들이 정렬되어 있었다. 시마바라는 유리병을 하나 들어올리며 말했다.

"이건 클로로포름이군요. 달콤한 말로 꾀어서 여기까지 데려와 마취를 시켰을지도 모르겠군요."

시마바라는 애써 많은 것을 설명하지 않았지만 약품 중에는 마약이나 극약 같은 것도 보였다. 조지가 피해자를 유린할 때 사용했을 것이다. 피해자 중에는 발바닥에 황산을 끼얹은 여자도 있다고 한다.

"빨리 나가요. 이제 만족했잖아요?"

치즈루의 팔을 꽉 쥐면서 오무라가 외친다.

"어, 어어."

들어 와서 줄곧 침대 앞에서 가만히 서 있던 히라도는 오무라의 말에 겨우 정신이 돌아온 듯하다.

"그렇지. 이 방에 오래 있으면 우리들도 독기에 중독될지도 몰라. 시마바라, 나가도 괜찮아?"

"괜찮아요. 이 이상은 꿈자리가 뒤숭숭해지니까."

그것을 신호로 오무라는 참지 못하고 뛰쳐나갔다.

"또 하나의 방은 저만 가볼까요?"

끔찍한 공간에서 도망친 다음 조심스럽게 시마바라가
제안한다. 드문 일이다.

"아니야, 아까도 얘기했잖아. 나는 마지막까지 볼 의무
가 있어."

말은 용감하지만 표정은 확실히 지쳐 있다. 물론 히라
도만의 이야기는 아니지만.

"저는 남겠어요. 더 이상은 무리라니까요."

오무라는 빨리도 포기 선언을 했다. 그리고 찬동자를
구하듯이 물었다.

"이사하야는 어떻게 할 거야?"

"저는 갈 거예요. 분명…… 여기보다 심하지는 않겠죠."

"나가사키는?"

아쉬운 듯이 오무라는 화살을 돌렸다.

"갈 거예요. 따로 선택지는 없는 것 같으니."

"마츠우라는?"

"……물론 가요."

결의를 품은 높은 톤의 목소리가 동굴에 퍼진다.

이제는 오히려 혼자 남는 것이 무서워졌을 것이다. 결국 오무라도 포기하고 마지막 줄에 붙어 갔다. 두 번째 구멍은 여기서 20미터 정도 앞에 있다. 피비린내 나는 침실과 비교하면 입구가 작아서 몸을 구부리지 않으면 들어갈 수 없을 정도이다.

입구에 가까워지면서 안에서 아름다운 물소리가 들려왔다. 지금까지 뚝뚝— 하고 지상에 떨어지던 소리가 아니라, 수면에 떨어진 물방울이 곱게 메아리쳐 흘러나오듯 팅— 팅— 한층 맑은 소리이다.

"연못이라도 있는 건가?"

물소리는 듣기 좋은 멜로디를 만들어간다. 비 때문인지 템포가 빠르다.

"이렇게 되면 물이 불어나는 것을 조심하는 편이 좋을지도 모르겠군요."

우선 히라도가 목을 길게 빼어 들여다본다. 그의 입에서 "오오" 하는 소리가 났다. 그 느낌으로 봐서 좀 전의 침대 같은 음산함은 없을 거라는 것을 알았을 것이다. 안심하고 다른 멤버들도 모두 들여다본다.

전체적으로 둥그스름한 방은 그 반이 웅덩이였다. 연못이라고 할 정도로 넓지는 않다. 어쩌면 수면으로 가려진 벽 너머에도 공간이 펼쳐져 있어서 지하 연못을 형성하고 있을지도 모르는 일이지만.

올려다보니, 깔때기를 거꾸로 한 것 같은 원추형의 높은 천장의 정점에서 여러 개의 종유석이 고드름 상태로 쑥 튀어나와 있다. 그 끝에서 작은 연못에 물방울이 맺히고 떨어져, 그것이 수금굴*처럼 아름다운 음색을 울리고 있었다.

또 작은 연못의 건너편 벽은 일출을 연상시키는 듯한 신성한 줄무늬 모양으로 뒤덮여 있었다. 위쪽에 50센티미터 구멍이 파져 있고, 그 안에 크고 작은 흰 사각기둥 두 개가 모셔져 있다. 벽의 무늬와 함께 신성한 영체처럼 보였다.

그리고…… 방 오른쪽 구석에는 누군가 딱딱한 석회 바닥에 앉아서 벽에 등을 대고 있었다. 구부리고 있어서 얼굴은 알 수 없다. 이미 생명이 없다는 것은 그 옷이 퇴색되어 있는 것으로도 알 수 있었다. 언뜻 봐도 꽤 많은 세월이 경과했다는 느낌이 든다. 하지만 의복에서 뻗어 나온 손발은 썩지 않고 파란 광택을 띤 채 생전의 자세와 형태를 그대로 유지하고 있었다.

---

• 水琴窟, 일본 정원의 장식 중 하나로, 물방울로 거문고 소리를 나게 하는 장치.

히라도가 다가가 앞머리가 내려온 얼굴에 빛을 비춘다. 피부는 흰색이 되었지만 생전의 모습이 남아 있는 용모가 드러났다.

"가가 호타루인가……?"

"어머니!"

그렇게 외친 것은 시마바라였다. 그대로 사체에 달려든 다. 시종일관 냉정했던 시마바라가 처음으로 격한 감정을 보인 순간이었다.

# 16. 시랍 7월 17일 오후 10시 15분

파자마일까. 가슴에 얇은 프릴 장식이 달린 옷. 원래는 하늘색이었던 것 같지만 지금은 허옇게 퇴색되어 있다. 그 왼쪽 가슴에는 혈흔이 퍼져 있는데 거무죽죽하게 변색되었고, 그 중심부에는 은 단검이 꽂혀 있었다. 파자마의 반소매에서는 푸른빛이 도는 회색 팔이 딱딱하게 삐져나와 있다. 피부는 희미한 광택을 뿜어내고 있으나 이미 생기는 없다.

무표정한 눈동자는 빛을 잃어버렸으나 생전의 모습은 분명히 남아 있다. 아름다운 여성이었다는 사실은 죽은 후에도 여전히 알아볼 수 있었다. 종유동의 작은 방에서 부패하지 않은 채 영원히 차가운 생명을 유지하는 시체.

"어머니!"

시마바라가 시체 앞에 무릎을 꿇고 다시 외쳤다. 그러고는 휙 고개를 들어 노려보며 원망스러운 목소리로 쏘아붙였다.

"……드디어 찾았군요. 이런 모습으로. 당신은 어디까지 저를 괴롭힐 겁니까. 대답해주세요. 당신에게는 대답할 의무가 있다고."

그 뒤 거칠게 저주하는 말이 이어지더니 이내 멈추고는 마지막으로 침묵이 지배했다. 누구 하나 웅크리고 있는 시마바라에게 다가갈 수 없었다. 시랍*과 시마바라. 방 한구석의 그 공간만이 마치 요지경처럼 별세상으로 느껴졌다.

아름다운 물방울 소리만이 방 안을 뒤덮는다.

"시마바라……."

히라도가 어깨에 손을 대자 시마바라는 뒤돌아서 겨우 몸을 일으켰다.

"죄송해요. 이성을 잃어서. 하지만 이제 다 풀었으니까 괜찮아요."

---

● 밀랍처럼 변한 시체.

시마바라의 얼굴은 시랍이라 착각할 정도로 창백하고 생기가 없었다. 필사적으로 감정을 누르고 있는 것처럼 보이기도 한다.

"이분 시마바라의 어머니야?"

조심스레 치즈루가 묻는다. 시마바라의 또 다른 일면을 목격하고 당황한 모양이다.

"응, 그래. 한때 나의 어머니였던 사람이야."

"가지 군, 역시 너는 가가 호타루의 아들이었던 거야?"

가가 호타루는 20년도 전에 병으로 죽었을 것이다. 저녁에 히라도 자신이 설명한 것처럼 나이를 생각한다면 이치에 맞지 않는다.

그런데 돌아온 것은 의외의 대답이었다.

"아니에요. 히라도 형은 착각하고 있는 것 같은데, 저는…… 저는 고마츠 교코의 아들이에요. 이 여자는, 그녀는 고마츠 교코예요."

다시 얼굴을 들여다보니 가가 호타루와 닮긴 했지만 확실히 그 고마츠 교코의 밀랍인형과도 많이 닮아 있었다.

"아까 가가 호타루의 사진을 봤을 때, 어머니와 닮았다고 생각했어요. 그때 처음으로 알았던 거예요. 어머니가 가가 호타루와 닮았기 때문에 가가는 어머니를 애인으로 삼은 것이라는 것을. 가가를 따라 달아나느라 우리들을 버렸던 어머니도 가가에게 있어서는 단순한 대역일 뿐이었어요. 꼴좋네요."

자조하듯 입술을 일그러뜨리고 말을 이었다.

"어머니의 이름은 시마바라 교코예요. 고마츠는 결혼 전 성이에요. 결혼 전부터 음악 활동을 하고 있었기 때문에 고마츠란 성을 계속 사용했던 거예요. 아버지는 자세한 이야기를 해주시지 않지만, 주위 사람들이 가르쳐준 이야기를 종합해보면 사건 전해부터 가가와의 교제가 시작됐다고 해요. 사건이 발생한 것은 제가 여덟 살 때였는데 그 당시는 연주 활동으로 집을 비우는 날이 부쩍 더 늘었었어요. 지금 생각해보면 가가와의 밀회를 즐겼던 것이겠지만. 그래서 어머니가 사라졌다고 들어도 이상하게도 슬프지는 않았어요. 하긴, 할머니가 저에게 어머니 욕을 호되게 해댔던 탓도 있지만요."

확실히 고마츠 교코의 시집은 전통 있는 집안으로, 결혼 후에도 일을 계속하려는 교코와 시어머니와의 사이는 나빴다고 사세보가 말했었다. 시마바라는 담백하게 말하고 있지만, 가정에서의 불화는 상당했을 것이다.

"어머니에 대한 자세한 내막을 알게 된 것은 중2 때쯤이었어요. 저를 버리고, 음악을 포기한 아버지를 버리고, 음악가 밑으로 도망간 어머니는 거기서 사건에 휘말려 자취를 감췄어요. 스트라디바리우스를 들고 혼자 도망쳐 연명하고 있는 것 아니냐며, 무책임하게 함부로 이야기하는 사람들도 있었어요. 하지만 저는 이상하게도 더 이상 살아 있다는 생각은 들지 않았어요. 가령 살아 있다고 해도 어머니는 제 안에서는 이미 죽었으니까 어차피 남이지만."

그러고는 싸늘하게 교코의 시체로 눈을 돌린다.

"작년에 할머니가 돌아가셨어요. 숨이 넘어갈 때도 저주를 입에 담으셨어요. 어머니는 가문에 먹칠을 했다고. 이웃보다 역사가 조금 오래되었을 뿐인 하찮은 집안인 데도. 할머니의 무서운 집념을 모두에게 보여주고 싶을 정도였어요. 게다가 아버지는 아버지대로 재혼도 하지 않고 언제까지나 어머니에게 미련을 품고 있어요. 정말 한심해요……. 그래서 할머니의 죽음을 계기로 지금까지 억눌려 있던 어머니에 대한 호기심이 조금씩 욱신거리기 시작한 거예요. 추모라든지 증오라든지 그런 것이 아니라, 정말 가벼운 기분으로요. 그때 사세보라는 남자가 파이어플라이관을 샀다는 소문을 들었어요."

"그럼 내게 방을 바꿔달라고 한 것은 여자 목소리가 들렸기 때문이 아니라 고마츠 교코의 방이었기 때문이야?"

"네. 속인 것은 저도 괴로웠지만 진짜 이유를 말하기는 싫었기 때문에."

"그렇군!"

갑자기 히라도가 큰 소리를 냈다.

"고마츠 교코의 인형을 봤을 때 어딘가 본 적이 있다고 느꼈었는데 그것은 가지 군을 닮았던 거였어. 그러면 그 밀랍인형의 목을 훔친 것도?"

"죄송해요. 저예요. 오늘 아침, 마츠우라한테 반디의 방을 나오는 것을 목격당했는데, 그때 훔치던 중이었어요."

시마바라는 크게 고개를 떨구었다.

"실제로 저는 오컬트 현상에 그다지 흥미가 있는 것도 아니에요. 아킬리즈에 들어오면 언젠가는 파이어플라이관을 찾아갈 기회가 있을 것 같아서 가입한 거였어요. 기회는 의외로 빨리 찾아왔지만. 다만 그러기 위해서는 신원을 숨기지 않으면 안 되었어요. 제가 유족이라는 사실이 들키면 귀찮아지니까. 사세보 선배는 그 사건을 오로지 흥미로 재현하려고 했으니까 내가 유족이라는 것을 아는 날에는 어떤 호기에 찬 눈으로 볼지 상상도 할 수 없었으니까요."

"그럴 때 마침 사건이 터졌다는 거군."

"초조해졌어요. 남들 눈에는 불충분하긴 해도 저에게 동기가 존재하는 셈이니까. 과거의 사건을 갖고 장난친 것에 대해 분노하는 유족이라고, 그렇게 보아도 어쩔 수 없어요. 물론 상대가 경찰이라면 얼마든지 해명할 수도 있겠지만, 이런 폭풍우 속 범상치 않게 폐쇄된 상황에서 그 요소가 어떻게 바뀔지 모르는 거니까요. 최악의 경우 제가 범인으로 꾸며질지도 모르고. 솔직히 그 밀랍인형을 봤을 때는 살의도 품었어요. 그렇고 그런 호기심 때문에 아직까지도 어머니는 나를 괴롭히는 건가 싶어서요. 중학교 때 사연을 알게 된 얼간이 같은 놈이 엄청 놀려댔었거든요."

"그럴까?"

히라도가 온화하게 이의를 제기한다.

"너는 어머니가 구경거리가 되는 것이 싫어서 인형 머리를 훔친 거 아니야?"

"그럴 리가요."

시마바라는 큰 소리를 치며 완고하게 부정했다.

"저는 어머니 따위 이제는 아무렇지도 않다고요. 애인을 쫓아가더니 결국 그 애인한테 살해당한 그렇고 그런 여자로밖에 생각하지 않아요."

시마바라는 "그렇고 그런"을 연발한 뒤 입을 다물었다.

"뭐, 됐어. 가지 군이 그렇게 말한다면 구태여 부정하지는 않겠어. 그래서 어머니를 어떻게 할 거야? 이대로 둘 거야?"

"여기 남겨둘 거예요. 그녀는 고마츠 교코이지 시마바라 교코가 아니니까요. 게다가 어설프게 옮기려고 했다가는 흐물흐물 무너질 것 같고 나중에 꿈자리만 사나워질 거예요. 그보다 이걸로 어쩐지 조지의 비밀이 풀린 것 같은 기분이 드는군요."

바짝 선 금발을 흔들며 내뱉듯이 말하고서, 갑자기 화제를 바꿨다. 이야기를 다른 데로 돌리기 위한 허세는 아닌 듯하다. 아까와는 돌변하여 자신감에 찬 표정을 짓고 있다.

"가가가 아니라 사세보 형이야?"

"네" 하고 시마바라는 고개를 깊이 끄덕였다.

"틀림없이 고마츠 교코는 저 침대에서 살해당했을 거예요. 2층 방은 깨끗했으니까. 원래 이 집에 체재 중일 때는 저 침대에서 정사를 거듭했을 거라고 생각해요. 종유동 속에서 반복되는 섹스란 분명 로맨틱했겠죠. 하지만 10년 전, 끝이 없는 〈야주곡〉의 레코드 때문에 미쳐버린 가가는 침대에서 고마츠 교코에게 단검을 꽂았고 그 시체를 여기까지 옮긴 다음, 나머지 여섯 명을 살해했어요. 그리고 7년 후에 사세보 선배가 이곳을 발견했을 때 고마츠 교코는 시랍이 되어 생전의 모습 그대로 홀로 남겨져 있었죠. 가가는 이미 지옥이든 어디든 가버렸는데. 가엾은 사람이에요. 그리고 지하 문을 발견한 사세보 선배는 미친 듯이 기뻐했을 테고요. 누구도 알지 못했던 사건의 비밀이 죄다 잠들어 있었으니까요. 하지만 동시에 피로 얼룩진 침대와 고마츠 교코의 시랍이 사세보 선배의 정신을 미치게 했겠지요."

시마바라는 마치 남의 일인 것처럼 친어머니의 유해를 앞에 두고 추리를 펼쳤다. 조금 높은 톤으로 정확히 또박또박 끊어서 말하는 모습은 무서울 정도로 침착했다. 눈동자도 유리구슬처럼 한 점 흐림이 없다.

"피 묻은 침대는 말할 것도 없지. 하지만 어째서 이 시랍이 사세보 형을 미치게 만든 거지?"

시마바라가 뿜어내는 긴장감에 압도당하면서도 히라도가 묻자 시마바라가 대답했다.

"가가가 죽은 여동생을 애도하기 위해 세운 건물의 지하에 여동생과 몹시 닮은 한 여자가 영원한 모습으로 멈춰 있다. 마치 동생을 대신하듯이. 아마도 사세보 선배는 그

187

것을 자신에게 대입시킨 것이 아닐까요? 누나와 닮은 피해자를 지하 침대에서 살해하고 그 다음은 똑같이 시랍을 만들려고 했던 것이죠. 누나와 똑같은 모습을 영원히 붙잡아 두기 위해서. 보세요, 반대편 구석에는 검디검은 혈흔이 남아 있어요. 고마츠 교코를 본떠서 저기에 앉혀 두었을 거예요. 하지만 시랍 같은 것은 간단히 만들 수 있는 것이 아니에요. 가가 게이지도 시랍을 만들 목적으로 이 방으로 옮긴 것이 아니라, 결과적으로 우연히 그렇게 되었을 뿐이니까. 그러니까 희생자의 사체는 금세 부패해서 형태가 허물어져버렸을 거예요."

"그렇군. 조지가 한 달이나 사체를 수중에 두고 있었던 것은 그 때문이었나."

"그럼, 츠구미도 여기서……."

투명한 피부가, 가녀린 팔이 팽창하여 추한 색으로 변하고 녹아내린 초처럼 눅진눅진 허물어져 간다. 그런 츠구미의 모습이 나도 모르게 머릿속에 떠올라 필사적으로 떨쳐내려고 했다. 저 혈흔 중 일부는 츠구미가 흘린 것이다. 이 종유동은 세상에서 가장 애처롭고 불길한 곳이다.

치즈루를 보니 옆에서 손을 합장하고 조용히 눈을 감고 있다.

"사세보 형은 시랍이 완성될 때까지 희생자를 계속 늘려갈 셈이었나?"

입술을 깨물며 히라도가 중얼거렸다.

"만약에 혹시나 시랍이 완성되었다고 하더라도 거기서 흉악한 범행이 끝났을지 어떨지는 지금으로서는 알 수 없어요. 다만 완성되었어도 그것은 어디까지나 누나와 닮은 여자의 시랍이지 누나 그 자체는 아니니까요. 예술가가 항상 완벽한 미를 추구하듯이 다음 시랍을 구하느라 끝이 없었을지도 몰라요. 게다가 조지가 범한 고문은 가가와는 별개의 문제예요. 적어도 이 시랍에는 가학적인 흔적은 없으니까."

"그렇겠지. 시랍을 만드는 것만이 목적이라면 피부에 채찍을 칠 필요도 없을 테고. 오히려 역효과지. 더 이상 스스로도 멈출 수 없었을 테지. 유감이지만 파이어플라이관이 사세보 형에게는 너무 딱 들어맞았어."

그런 말로 끝맺으면 그만인가? 그것으로 츠구미가 구원을 받을 수 있는가? 분노가 목구멍까지 치밀어 올랐지만 겨우 억눌렀다. 히라도에게 분노해봤자 아무 소용없다. 증오스러운 대상은 조지와 그 공범자였다.

"이사하야 선배."

치즈루가 작은 목소리로 이사하야를 불렀다.

"저, 진실을……."

츠구미의 마지막 장소를 눈앞에 두고 비밀을 숨기고 있는 것을 참을 수 없게 된 듯하다. 매달리는 듯한 눈빛으로 이사하야를 바라본다.

"아니, 아직 다물고 있는 편이 좋아."

똑같이 작은 목소리로 이사하야가 제지했다. 네, 하고 치즈루는 순순히 입을 다물고서 다시 손을 합장하여 기도했다.

치즈루가 비밀을 털어놓기엔 아직 이르다. 이곳에는 아직 공범자가 남아 있다. 이제까지의 비밀이 드러나 초조해하는 공범자가.

"……그러면 가가가 고마츠 교코를 살해한 다음에 여기까지 옮겨온 것은 어떤 이유에서지?"

히라도도 시마바라에 맞추어 일부러 '고마츠 교코'로 부르고 있다. 그런 면의 배려가 히라도답다.

"지하의 가장 안쪽에 위치하는 이곳이 영혼을 모신 영묘(靈廟)였으니까요. 반대편의 벽을 파낸 구멍에 모셔져 있는 크고 작은 두 개의 비(碑)는 분명 가가 호타루와 그 아이의 위패예요. 정신이 이상해진 가가가 동생을 대신하여 고마츠 교코의 사체를 이곳에 옮겨놓은 것도 이것이 이유라고 생각해요. 그 증거로 가만히 귀를 기울여보세요. 이 물방울 소리는 어떤 멜로디를 구성하고 있으니까"

시마바라의 말이 떨어짐과 동시에 전원이 귀를 기울인다. 똑똑똑 하고 여러 개의 길이가 다른 종유석에서 물방울이 차례대로 방울져 떨어진다. 비가 오는 탓에 평소보다 템포가 빠를지도 모른다.


다카다카다 · 다—다 · 다카다카단
다카다카다 · 다—다 · 다카다카단


"이거, 〈야주곡〉의 멜로디인가?"
가만히 경청하고 있던 치즈루가 입을 열었다.
"그렇군. 분명히 그렇게 들리네. 반디의 테마인가."
히라도가 팔짱을 낀 채 깊이 수긍했다. 두 개의 팔중주곡으로 사용되고, 가가를 살인마로까지 몰고 갔을 반디의 테마. 죽음의 멜로디라 할 만한 선율이 고상한 수금(水琴)의 음색으로 연주되고 있다. 치즈루가 지적하기 전까지 내 귀로는 두 개가 서로 비슷한 것을 알아차리지 못했는데, 역시나 그런 면에서 시마바라는 음악가의 자식이다.

"분명히 가가는 신성한 영묘(靈廟)에 가득 찬 이 소리를 바탕으로 반디의 테마를 작성했을 거예요."

팅 팅 하며 멜로디는 언제까지고 멈추지 않고 울려 퍼진다. 멈추지 않는 반디를 상징하기라도 하듯이.

## 17. 시마바라의 추리 7월 17일 오후 11시 00분

피로 얼룩진 지하 동굴 탐색을 마치고 지상으로 나온 후, 히라도 일행은 묵묵히 비밀의 계단을 조사하고 있었다. 그 결과 계단은 도중에 1층 욕실의 탈의실과도 연결되어 있음이 판명되었다. 화장실 앞에 있는 괘종시계를 한 시간 돌리자 1분 후에 탈의실 벽 패널 하나가 안쪽으로 열리는 구조였다.

시마바라의 추리대로 담력 테스트를 하던 밤 사세보가 술자리 준비를 하는 척하며 이 비밀의 문을 사용해 2층으로 올라가 오무라를 놀라게 한 것은 틀림없었다. 다만 소리를 낸 것은 후미에일 것이라는 점에서 히라도설도 타당하다고 보아, 결국에는 양자 무승부가 되었다. 각자가 고통스러운 경험을 한 뒤라 새삼스레 추리 싸움을 할 상황도 아니지만.

똑같은 괘종시계가 비밀의 문을 여는 열쇠가 되었으니 혹시나 해서 건물 내에 있는 괘종시계를 모두 한 시간 늦추어보았으나 그 외에 반응한 것은 없었다. 위치로 생각해보아도 빠져 나갈 수 있는 통로는 그 두 군데밖에 없는 듯했다.

비밀의 문은 두 군데의 욕실 중에 안쪽에 있는, 처음에 사용했던 쪽에 붙어 있었다.

"결국 범인은 욕조에 머리카락을 띄워놓고 협박하는 걸로 우리들을 욕실에서 내쫓고 싶었던 셈이군. 좀 더 이유를 의심했어야만 했어."

히라도는 분하다는 듯이 허리춤 높이의 목제 패널을 주먹으로 쿵쿵 두드렸다. 비밀의 문이라고 아는 상태에서 보니 주위의 색깔이 확실히 다른 패널과는 다른 듯이 비친다. 울리는 소리도 미묘하게 가볍다.

"24시간 뜨거운 물이 나오니까 누가 언제 목욕하러 들어올지 모르니까요. 결국 범인의 노림수대로 우리들은 옆의 욕실을 사용하게 되었고. 그것으로 범인은 마음 놓고 이동할 수 있었겠죠. 보기 좋게 당한 꼴이네요."

시마바라도 바지 앞주머니에 양손을 찔러 넣으며 분하다는 듯이 문을 노려보고 있다.

시계에 의한 개폐 시스템에 대해서 상설하자면, 짧은 바늘을 한 시간 늦추면 1분 후에 대응하는 문이 열린다. 바늘을 원래대로 돌리면 이번에는 1분 후에 문이 닫히는 구조로 되어 있었다. 시계와는 별도로 비밀의 통로 안쪽에도 스위치가 달려 있는데, 이것은 오픈과 클로즈 버튼으로 문의 개폐가 자유롭게 가능하다. 다만 그 경우에는 시계 바늘이 늦춰져 있는 상태이다. 시계가 늦춰진 상태에서 새로 밖에서 문을 열려고 하는 경우에는, 일단 짧은 바늘을 바른 시각에 맞춘 다음에 다시 한 시간 늦추면 가능한 것 같다.

또한 위아래에 있는 괘종시계의 바늘은 연동하고 있어서 한쪽 시계를 한 시간 늦추면 또 다른 한쪽의 시계도 자동적으로 한 시간 늦춰지고, 원래 시각으로 돌리면 다른 한쪽도 원래 시각으로 돌아오는 구조로 되어 있었다. 결국 2층에서 1층으로 내려와 문을 닫는 프로세스는, 반디의 방에 있는 시계를 한 시간 늦추어 2층 문을 열고, 2층 안쪽에서 닫은 다음 1층 안쪽에서 문을 열어 1층의 한 시간 늦추어져 있는 시계 바늘을 원래대로 돌리는 것이다. 그렇게 하면 최종적으로 상하 어느 쪽의 시계도 바른 시각을 가리키게 되는 방식이다.

이와 같은 이유로, 치즈루가 아침에 목격한 것은 어느 쪽인가의 시계로 문을 열고 나서 안쪽에서 문을 닫은 상태이든지, 탈의실의 문만을 열어둔 상태이든지 둘 중 하나로 생각되었다. 즉 전자라면 범인은 지하 서재에 있었다고 생각되고, 후자라면 욕조에 머리카락을 한창 뿌리고 있는 와중이었다는 결론이다.

"문제는……."

화장실 앞의 시계 바늘을 되돌리면서 히라도가 얼굴을 찌푸린다.

"시계가 바른 시각을 나타내고 있을 때가 있었다는 거야. 예를 들면 마츠우라가 알아차리게 된 계기가 되었던 오늘 아침에 목 없는 인형을 발견했을 때라든지 말이야. 범인은 계속 지하에 숨어 있었던 것이 아니라 가끔 파이어플라이관으로 살짝 빠져나왔던 거지. 도대체 뭣 때문에?"

시마바라는 답하지 않았다. 새삼스레 뭘, 하는 표정으로 히라도를 볼 뿐이다. 우리들 안에 섞여 있었던 거잖아요, 그렇게 말하고 싶은 것 같다.

"분명히 자신의 흔적을 지우고 있었어요."

오무라가 완전히 안심한 듯 환한 표정으로 대답한다. 그에게는 음산한 조지의 소행보다도, 츠구미의 영혼보다도, 눈앞의 범인이 파이어플라이관에서 도망쳐주었다는 것이 기쁜 듯하다.

"……그렇지."

마지막 지푸라기라도 잡듯, 히라도가 마치 자신을 납득시키려고 하는 듯 좀처럼 볼 수 없는 작은 소리로 중얼거렸다.

"……그런데 생각해보면 장치가 허술하네요. 안쪽에서 문을 잠갔을 때 자동으로 바늘이 돌아오는 구조라면 쉽게 탄로 나지 않았을 텐데."

라운지에서 해산한 뒤 히라도와 시마바라가 함께 반디의 방에 들어가는 모습이 보여서 뒤를 따라가 보니, 두 사람이 그 시계 앞에서 이야기에 열중하고 있었다. 더 이상 왓슨 역은 별 볼 일 없다는 것인가. 왠지 내놓은 물건이 된 기분이 되어 문틈으로 상황을 살피고 있었다.

"뭐야, 질투하는 거야, 가지 군?"

히죽히죽 히라도가 웃고 있다. 큰 목소리라서 문 입구까지 확실히 들려왔다.

"애당초 범죄용으로 만든 것도 아니니까. 진심으로 숨길 생각이었으면 이런 시대에 뒤떨어진 장치가 아니라 소형 리모컨 장치라도 사용했을 테지. 생각해보면 시계 바늘을 만지작거린다는 것은 의식적인 동기도 있는 것이 아닐까? 가가가 지하 서재와 종유동에 있을 때 지상에서는 두 개의 시계가 한 시간 늦추어져 있는 셈이 되는 건데 어쩌면 그 시간의 어긋남에야말로 진짜 의도가 담겨져 있을지 몰라. 그곳은 극히 역행적인 공간이었고 하니까. 하기는 사세보 형이 현상 보존에 저렇게까지 열심이지 않았다면 일찌감치 개량해서 우리들 머리로는 아직 발견조차 못 했을지도 모르지만 말이야."

지하에 있을 때에 비하면 뭔가 응어리가 풀려 개운해진 표정으로 사세보에 관해 이야기하고 있다. 조금 시간차를 두어서인지, 동경과 현실의 갭 사이에 히라도 나름의 타협점을 찾았을 것이다.

"……그런데" 하며 히라도가 진지한 얼굴로 돌아와 시

마바라를 보았다.

"어째서 그런 연기를 한 것인지, 슬슬 가르쳐주시지?"

시마바라는 입을 다문 채 히라도의 시선을 받아들이고 있었다.

"히라도 형도 어렴풋하게나마 눈치챘죠? 저것이 위장이라는 걸. 그리고 그것을 꾸민 인간이 우리들 중에 있다는 것도."

이번에는 히라도가 입을 다물 차례였다.

"……뭐, 그렇지. 다만 여자가 있었던 것도 사실이야. 그것을 어떻게 볼 거지?"

"모두 설명할 수 있어요."

시마바라는 딱 잘라 말했다.

"어지간히 자신이 있나 본데, 설명해줄 거지?"

히라도가 재촉하자 시마바라가 내키지 않는다는 듯 대답했다.

"어쩔 수 없지요. 히라도 형은 많이 협력해주셨으니까. 하지만 아직은 추측 단계이니까 아직 아무한테도 말씀하지 마세요. 히라도 형이니까 이야기하는 거니까."

형세가 심상치 않다. 이제 와서 모습을 드러내기 어색해져서 그 자리에 머물러 있었다.

"부탁드려요."

집요하게 시마바라가 재차 다짐을 받고 있다.

"어어, 알았어. 네 추리를 어디 한번 들어보자고. 내가 범인 취급을 당하더라도 화내거나 하지 않을 테니까."

"범인이 아니라 조지에 대한 이야기예요."

시마바라는 수정했다.

"사세보 선배가 조지인 것은 이제 명백해졌어요. 하지만 사세보 선배에게는 확실한 알리바이가 있어요. 그렇다면 또 한 명의 공범자가 존재한다는 것이 되죠. 츠시마 씨를 꾀어내어 감금한 인간이."

"지금 상황으로는 그렇게 생각할 수밖에 없는데. 그래서 아킬리즈 안에 공범이 있다는?"

"네. 그것도 이 안에 있다고 생각해요. 이유는 단순해요. 희생자인 여자가 파이어플라이관에 있었기 때문이에요. 제물을 갖고 놀기 위해서는 공범자도 여기에 와 있어야 해요."

"그럴듯하군."

"다만 우리들이 여기에 도착한 시점에서는 여자는 아직 제물이 아니었을 거예요. 담력 테스트에서 오무라 형을 몰래 놀라게 하거나 여흥을 위한 특별 게스트로 나올 예정이었지요.”

“그것이 한밤중에 희생자로 전락했다. 하지만 왜 하필 이런 때에? 평소 같으면 아무도 신경 쓰지 않고 마음먹은 대로 할 수 있을 텐데 말이야.”

“히라도 형도 어렴풋이 알고 있지 않나요?”

시마바라는 심술궂은 눈으로 바라본 후 말을 이었다.

“틀림없이 우리들이 있다는 사실이 중요했을 거예요. 가학적인 성벽(性癖)은 점점 에스컬레이트한다고 하니까요. 평범하게 죽이는 것이 뭔가 성에 차지 않게 되었고, 우리들이 술파티를 하고 있는 그 아래에서 강간하고 살해하는 것에 쾌감을 느꼈을지도 몰라요. 제1번 레코드를 제3악장까지 들려주거나, 제2번 CD나 호타루가 나온 잡지를 서재에 아무렇게나 내던져두거나 한 것을 보면 그 편린은 엿보였어요.”

히라도는 팔짱을 끼고 흐음 하며 작게 끄덕였다. “그래서” 하며 뒤를 재촉한다.

“그런데 일이 마음대로 안 된 거죠. 밤이 깊어져 공범자가 종유동 침실로 내려갔을 때, 죽어 있었던 것은 사세보 선배 쪽이었던 것이죠.”

“피해자 여성이 저항을 해서 반대로 살해당한 걸까? 그

단검은 유린하기 위해서 사세보 형이 갖고 간 것이겠지. 그래, 그 여성은?"

"우리들 앞에 보란 듯이 늘어놓았던 지문이나 머리카락 등을 볼 때 이미 살해당했겠죠. 서로 동시에 찌른 건지, 급히 내려온 공범자에게 죽임을 당한 것인지 거기까지는 모르겠지만. 히라도 형이 외부자설의 근거로 들었던 타이어 흔적도 이걸로 설명할 수 있어요. 공범자는 여성의 사체를 남모르게 처리하기 위해 자동차로 옮기려 했지만, 다리를 건너지 못해서 되돌아왔어요. 분명 다시 종유동에 돌려놓았겠죠. 건물 안에서는 가장 안전한 장소이니까."

"아이러니한걸. 현장을 보여주기 싫다는 이유로 관계도 없는 살인 사건의 뒤치다꺼리까지 해야 하다니."

"당연한 응보예요."

시마바라는 매섭게 쏘아붙였다.

"그런데 어째서 여자 시체를 힘들게 옮기려 한 거지? 고마츠 교코처럼 종유동에 봉인해두면 될 것을."

"어떤 계기로 비밀의 방이 발각될지 모르니까요. 10년 전에는 범인이 확실했으니까 행방불명자가 한 사람 있었다고는 하지만 파이어플라이관 그 자체를 철저하게 조사하지는 않았어요. 하지만 이번엔 사정이 달라요. 범인을 찾기 위해서 경찰도 이전 사건 이상으로 면밀히 조사를 할 테지요. 시계 장치가 그런 것을 버려낼 정도의 것은 아니죠. 공범자에게 있어서 최우선 사항은 우선 첫 번째로 지하의 종유동이 발견되지 않고 사세보 선배가 조지라는 사실이 알려지지 않는 것이에요. 왜냐하면 사세보 선배에게는 적어도 츠시마 씨 사건 때 알리바이가 있었으니까 당연히 공범자 찾기가 시작될 것이고, 자신의 신변이 위협받을 염려가 있었기 때문이에요. 두 번째는 범인은 사세보 선배가 데리고 온 여자이며 그 여자, 후미에가 살해 후 도망쳤다고 생각하게 하는 것. 살인마 조지가 보복을 당한 것이 아니라 단순히 일반인의 치정에 뒤얽힌 범행이라고 해석하게 만드는 것이 가장 바람직한 결말이니까요. 세 번째는 종유동이 발견되어 사세보 선배와 조지의 관계가 드러나는 최악의 사태가 되었을 때를 대비하여, 자신과 관계된 증거를 가능한 한 말소해두는 것. 그 세 가지예요."

시마바라는 반창고를 두른 손가락을 세며 설명했다.

"그래서 범인은 첫 번째 조항을 충족시키기 위해서 사세보 선배의 시체를 서재로 옮겼어요. 저택 주인이 행방불명이 되면 당연히 건물 안을 샅샅이 조사할 테니까요. 그리고 두 번째 조항을 충족시키기 위해서 여자의 지문을 남겼어요. 또 세 번째 조항을 충족시키기 위해서는 여자의 시체를 옮겼어요. 여자 시체만 지하에서 발견된다면 제삼자가 개입한 것이 바로 들통 나니까요. 그것은 우리들 중에 조지의 공범자가 있다고 가르쳐주는 것과 다름없어요."

"과연 그렇군. 마츠우라가 사소한 계기로 발견했을 정도니까 말이야. 막상 발견되었을 때의 일도 대비해두지 않으면 안 될 테고. 하지만 그 모든 계획을 이 폭우가 망쳐버린 셈이군."

비가 내리 쏟아지는 유리 천장을 올려다보며 히라도는 비아냥거리는 말투로 말했다.

"맞아요. 시체를 서재에 옮긴 시점에서는 다리가 통행 불능이 되어 있으리라고는 상상도 못 했을 테죠. 경찰은 바로 도착할 것이고 지문을 남긴 범인은 해가 뜨기 전에 차고에 있는 차를 훔쳐서 도주했다. 필연적으로 수사진의 눈은 밖으로 향하게 된다. 그럴 계획이었겠지요. 차고 문을 활짝 열어둔 채로 두면 비로 타이어 흔적도 사라질 테고, 정확한 자동차 수 따위를 우리들은 기억하지 못할 거라고 예상했겠죠."

"지금 와서 할 말은 아니지만, 역시 여자가 범인일 가능성은 없는 거야?"

"왜건 일로 확신했어요. 히라도 형도 그렇죠? 아마도 공범자는 여자의 소행으로 보이고 싶은 마음에 미리 왜건을 반디 강에 방치하고 시트에 피를 묻혀두었을 거예요. 펜던트와 단추 등의 유류품을 일부러 남겨두고. 그래서 오무라 형의 습격에 실패하고 그 때문에 당황해 도주한 것처럼 꾸미고 싶었던 거죠."

"그런데 어째서 오무라야?"

"여자의 뒷모습을 발견한 것은 솔직히 착각이라고 생각해요. 또 욕실에서 머리카락을 발견한 것은 단순한 우연이고요. 제가 목욕하러 먼저 들어갔더라면 제가 발견했겠지요. 하지만 공범자는 그것을 필연이라고 생각하게 하고 싶었어요. 오무라 형이라는 것에 의미를 부여하고 싶었던 거죠. 무엇보다 겁쟁이인 오무라 형이 가장 다루기 쉬웠을 테고 말이에요. 어설프게 습격해서 붙잡히기라도 한다면 끝장이니까. 안경 없이는 거의 보이지 않는다는 것도 포인트였을 거예요. 또한 그 일로 인해 오무라 형이 사세보 선배의 공범자라고 우리들과 경찰이 생각했다면 공범자에게 있어서는 일석이조인 셈이죠."

"그럴 거면 차라리 죽이는 편이 간단하지 않을까? 스커트를 입고 미묘한 격투를 연기하거나 하는 쓸데없는 수고를 하지 않아도 되고, 죽은 자는 말이 없다고 하듯 경찰도 공범자 취급해서 수사를 종료해줄지도 모르고 말이야. 오무라에게는 못 할 이야기이지만."

양심의 가책을 느꼈는지 히라도의 목소리 톤이 살짝 내려갔다.

"그래요. 하지만 그렇게 하지 않았어요. 조지와 한편이면서도. 의외로 공범자는 사세보 선배와 달리, 색마이기는 해도 살인마는 아니었을지도 모르겠네요. 하기는 오무라 형의 위장극일 가능성도 똑같이 남아 있긴 하지만."

"가면 갈수록 녀석에게는 말을 못 하겠는걸. 다만 그 공범의 오산은 우리들이 사전에 발견했다는 건가……."

"습격당한 직후에 오무라 형이 난리 법석을 떨 것도 고려해서 왜건 같은 건 미리 세팅해두었어야 해요. 그때 현관문을 신중하게 닫기만 했어도 발견되지 않았을지도 모르죠."

"그렇다고 하면 여자의 사체는 어떻게 되었지? 강에 흘려보냈나?"

"설마. 하류에 타살 사체가 표착된다면 이제까지의 잔꾀가 모두 물거품이 되어버려요. 아마도 오히려 강 반대방향의 숲속에 묻은 게 아닐까 해요. 이제는 그 정도밖에 선택지가 남아 있지 않잖아요? 경찰이 산속보다도 반디 강의 하류를 중점적으로 수색해주기를 기대할 수밖에. 실제로 공범은 사체를 처분하는 데에 가장 골머리를 썩었을 거예요."

"진범의 사체를 그대로 제출하는 것이 불가능하다고 한다면 달리 방도가 없는 건가. 그래 좀 전의 말투로 보아하니 가지 군은 그 공범자가 누구인지 짐작하고 있는 거지?"

"어디까지나 짐작이에요. 그러니까 발설하지 말아주세요. 히라도 형한테만 털어놓는 거니까."

진지한 눈빛으로 시마바라가 다시 한 번 호소한다.

"무지하게 신뢰받고 있는걸. 부담스러운데."

히라도는 미묘하게 볼을 떨면서 쓴웃음을 지었다.

"그렇다고 하는 것은 나는 공범자가 아니라는 거지?"

"말씀하시는 대로예요. 만약에 틀려서 히라도 형이 공범자라면 포기할게요."

"깔끔한 태도인걸. 그렇다면 어디 한번 들어볼까?"

시마바라는 드디어 안심이 되는지 짐짓 무게를 잡으며 어험 하고 헛기침을 한 번 하더니 말을 이었다.

"첫 번째로는 운전면허예요. 누가 운전면허를 갖고 있는가. 이 폭풍우 속을 운전하기 위해서는 완전한 미경험자로는 무리겠죠."

"마츠우라와 나가사키는 갖고 있지 않았어. 하지만 면허 없이도 운전할 수 있는 놈들은 있다고. 게다가 우리들에게 사실대로 말했다고는 단정 지을 수도 없고. 그렇게 단정적으로 말할 수 없을 거 같은데."

"알고 있어요. 히라도 형을 시험해본 거예요."

"역시 대단한 놈이구만" 하며 후배에게 시험을 당한 히라도는 대범한 태도를 보였다.

"마츠우라는 다른 이유로 제외했어요. 여기가 조지의 본거지인 이상 공범자도 이곳에 몇 번이고 체재했을 거예요. 하지만 마츠우라는 차고에 있는 차에 대해 묻는 것은 그렇다고 쳐도, 계단의 난간을 부수거나 야자나무 화분을 넘어뜨리는 등, 너무나도 아무것도 모르는 초심자의 행동을 반복했어요."

"아니면 반대로 파이어플라이관에 오는 것이 처음이라는 것을 강조하기 위한 페이크일지도 모른다고."

"아무리 처음이라는 걸 강조한다고 해도 사세보 선배의 눈앞에서 가재도구를 부수는 것은 뭐니 뭐니 해도 도가 지나친 거죠. 사세보 선배가 살해당한 뒤에 자신이 조지의 공범자라는 사실을 알리고 싶지 않아서 한 짓이라면 이해하겠지만, 이것들은 사세보 선배의 생전, 아직 사건이 발생하기 이전에 일어났어요."

"조지의 지읒 자도 나오지 않은 단계에서 과도하게 어필할 필요는 없었다는 이야기로군."

"그리고 똑같이 부술 거면 공범자인 마츠우라가 부수는 것보다도 제가 부수는 편이, 오무라 형 때처럼 가재도구를 부수고 당황하는 저의 모습을 보는 편이, 사세보 선배 입장에서는 더 즐거웠을 거예요. 실제로 마츠우라가 부수지 않았다면 어느 쪽이든 제가 부숴뜨렸을 가능성이 높기도 하고 말이죠."

"그럴지도 모르겠군. 지금 와서 보면 사세보 형은 그런 사람인 것 같아. 난간이든 화분이든 간에 고의로 그대로 두었을 성향이 있어."

한숨을 섞어가며 히라도가 수긍했다.

"담력 테스트 때도 그래요. 마츠우라는 계속해서 져서 마지막 최약자 결정전까지 남았어요. 만약에 오무라 형이 운 좋게 첫 번째 방에서 카드를 발견했다면, 마츠우라가 벌칙을 받게 되는, 사세보 선배에게 있어서는 조금도 재미있지 않은 전개가 되었겠죠. 만약 제가 사세보 선배라면 잔꾀를 좀 부려서 마츠우라는 빨리 이겨서 빠져나가도록 할 거예요. 그리고 관계가 없는 두 사람이 최약자 결정전을 싸우는 편이 보기에 재밌을 거라고요. 그 점에서도 마츠우라는 공범자 자격을 갖지 못해요. 원래 공범이 있다고 하는 것은 츠시마 씨 사건으로 사세보 선배가 알리바이가 있었다는 사실로부터 유추되는 것이기 때문에, 당시에 아직 아킬리즈 멤버가 아니었던 마츠우라는 불가능하다는 것이죠……."

"그런 의미에서 가지 군, 너도 제외하겠다는 속셈이군."

그러자 시마바라는 겁 없는 미소로 되받아쳤다.

"사실은 그것으로 끝내고 싶지만, 히라도 형은 납득하지 않겠죠. 게다가 고마츠 교코 건으로 모두를 속이고 있었으니."

마지막 부분만큼은 나직이 말한다.

"뭐, 그렇지. 너한테는 미안하지만 모두 평등하게 해야 하니까."

"알고 있어요. 하지만 저는 일단 옆에 놔둬 주세요. 우선 다른 사람들부터 지워가도록 하죠. 공범은 경찰에 신고하지 못하도록 전화선을 절단하고 전화기를 숨겼어요. 물론 다리를 건널 수 없다는 것을 알고 난 후의 일이겠죠. 이쪽에서는 범인이 탈출이나 반출이 불가능하지만 경찰은 올 수 있고, 사람 수가 많으면 무리해서라도 건널 수 있으니까요. 그것만큼은 피하고 싶었을 테죠. 가능하면 가공의 범인이 파이어플라이관을 도망친 후에 경찰이 오기를 바랐다는 거예요."

"그건 알겠어. 누구도 밖으로 도망칠 수 없었다고 한다면 경찰은 파이어플라이관을 철저하게 수색할 테니까 말이지. 언젠가는 종유동도 발견될 테고."

"거기서 말이에요. 전화선을 절단해서 파이어플라이관에서는 신고할 수 없게 만들었지만 아직 휴대전화로 신고할 가능성이 남아 있죠."

"여기는 휴대전화는 안 통하잖아."

그 말을 들은 히라도는 뭘 이제 와서 새삼스럽게, 라는 얼굴을 보였다.

"그렇게 간단하게 확신할 수 없어요. 휴대전화의 수신 지역은 매년 확대되고 있으니까. 물론 공범자의 휴대전화는 연결되지 않았겠죠. 하지만 타사 휴대전화라면 혹시나 연결될지도 몰라요."

"그런가. 그래서 내 휴대전화를 확인한 거군."

그제야 수긍이 간다는 듯이 히라도는 크게 끄덕였다.

"말씀하신 대로예요. 공범자는 라운지에 굴러다니고 있

는 히라도 형의 가방에서 휴대전화를 훔쳐서 저택 밖으로 나가 통화가 가능한지 확인해보았어요. 그때 하필이면 히라도 형이 내려와서 가방을 들고 자기 방으로 돌아가 버린 거죠. 라운지에 돌아왔을 때 가방이 없는 것을 알아차리고 공범은 어쩔 수 없이 히라도 형의 휴대전화를 의자 밑에 던져놓았던 거예요. 실수로 떨어뜨렸다고 생각하게끔. 그것을 마츠우라가 주운 거죠. 히라도 형과 오무라 형은 보더폰이었죠?"

"결국 공범은 도코모 유저인 셈이다!"

"역으로 말하면, 같은 보더폰인 오무라 형은 제외예요."

또 한 명이 지워졌다.

"다시 말해 나도 같은 이유로 제외라는 것인가. 그래서 나에게 이렇게 말하고 있는 것이고?"

겨우 납득이 된다는 얼굴로 히라도는 두 번이고 세 번이고 수염을 만졌다.

"실은 더욱 간단한 이유로 제외했었지만요."

"무슨 말이야?"

"처음에 반디의 방에 들어갔을 때예요. 안쪽 창고에서 돌아왔을 때 괘종시계가 종을 한 번 울렸었죠?"

"어, 그래. 똑똑히 기억하고 있어. 조금 놀랐었거든."

"하지만 실제 시각과는 한 시간 차이가 있었어요. 세 시 삼십오 분이어야 되는 시각이 두 시 삼십오 분이 되어 있었어요."

"그래?"

네, 하고 입가를 일그러뜨리며 시마바라는 분하다는 듯이 수긍했다.

"다만 그때는 어리석게도 그걸 간과해버려서 그냥 기억의 한 구석에 남아 있었을 뿐이었어요. 하지만 마츠우라의 이야기를 듣고서 확실히 생각이 난 거예요. 그때 시계가 한 시간 늦었었다는 것을."

"결국 우리들 세 명이서 반디의 방을 수색하고 있을 때, 종유동에 누군가 들어가 있었다는 셈이구나."

"맞아요. 시스템상 시계는 지하에 들어가 있을 때나 위아래 어느 쪽인가의 문이 열려진 채일 때만 늦어져요. 우리들은 꽤 오랜 시간을 반디의 방에 있었기 때문에 공범자가 탈의실의 비밀 통로를 계속 개방해두고 있었으리라고는 생각하기 힘들어요. 그렇다고 하는 것은?"

"공범자는 지하에 있었으니, 탐정단은 다행히도 제외된다는 것이군."

그때 흥분한 나머지 발끝으로 문을 밀어버렸다. 쾅 하

고 문이 닫히는 소리가 안까지 울려 퍼진다.

들켰나?

재빨리 그 자리를 벗어난다. 드디어 공범자를, 츠구미를 죽인 범인을 알아냈다. 확증을 찾은 것이다. 볼이, 몸이, 마음이 떨렸다.

# 18. 종언 7월 17일 오후 11시 50분

똑똑똑 내리는 빗줄기는 전혀 약해질 기미가 보이지 않는다. 오히려 파이어플라이관을 때리는 빗소리가 점점 더 거세지고 있다는 느낌이다. 이 비는 과연 그칠 것인가. 치즈루의 말대로, 1년 후 아니 10년 후에도 이 시커먼 건물 안에서 공동체로 살아간다면? 그런 말도 안 되는 불안이 느껴지기도 한다. 그저께 히라도는 시계가 몸을 지배한다는 이야기를 했는데, 아니나 다를까 끊임없는 빗소리에 연동되듯이 심장이 몹시 고동치고 있다. 고양되어 있다. 숨이 막힌다.

히라도의 제안으로 열두 시부터 액막이 술자리를 연다

고 한다. 처참하기 그지없는 광경을 목격한 뒤이기는 하지만, 사세보의 불쾌한 정체를 안 뒤이기는 하지만, 이의를 제기하는 사람은 없었다. 술이라도 마시지 않으면 정신이 이상하게 되어버릴 것이다. 다들 그렇게 느끼고 있는 것이다. 커다랗게 찢긴 가슴의 상처를 치유해주는 것은 술뿐이며, 그리고 츠구미를 위한 진정한 위령회도 될 것이다.

방에서 옷을 갈아입고 라운지로 내려오니 오무라가 등을 돌려 주방을 보고 있었다.

중앙 테이블에는 이미 와인 잔과 와인이 놓여 있다. TV에서는 강우 정보가 흘러나오고 유리 천장은 칠흑 같은 어둠으로 덮여 있다.

"무슨 일 있어요?"

오무라의 뒷모습이 안절부절못하고 불안해하는 것 같아 물어봤다.

"아니, 마츠우라가 말이야. 15분 전쯤에 안주는 자기한테 맡겨달라며 주방에 들어갔는데, 없어"라는 대답이 돌아왔다.

"오무라, 네가 대신 만들어."

테이블 앞에서는 히라도가 벌써 자신의 잔에 와인을 따르고 있다. 아무렴 아직 입은 대지 않았지만, 더는 못 기다리겠다는 기색으로 와인 잔의 스템*을 잡고 있다. 반디의 방에서 몰래 엿들었던 것을 들켰는지 어떤지 알 수가 없다. 분위기를 살펴보아도 히라도나 시마바라 둘 다 그런 내색을 전혀 하지 않는다. 그렇다고 힐끔힐끔 주시할 수도 없다. 숨골 근처에 답답함만 생겼다.

"이렇다니까. 히라도 형은 벌써 크라우칭** 스타일로 스탠바이하고 있고. 내가 만들어도 되긴 하지만."

오무라는 신이 나서 어깨를 추켜올리고 있다. 사세보의 정체보다도, 범인이 도주했다는 기쁨이 더욱 큰 듯하다. 불평도 없이 주방으로 향한다.

"화장실이라도 간 거 아니에요?"

"하여튼 이 녀석이나 저 녀석이나. 그런 이유라면 먼저 마신다!"

"열두 시까지 아직 10분이나 남았어요."

맥주병을 따면서 시마바라가 부드럽게 말렸다.

"오늘만큼은 제대로 시작해서 피해자들의 명복을 빌자고요."

"물론 고마츠 교코의 명복도."

---

* 와인 잔의 손잡이, 다리 부분.
** 육상 경기 단거리 경주에서 스타트하는 자세.

217

"그다지."

시마바라는 차갑게 얼굴을 돌렸다.

"그런 말로 시험해도 소용없어요."

히라도는 하하 웃으며 일어서서, 시마바라의 어깨를 두 번 쳤다.

"너는 굉장해. 그건 인정해주지. 내가 순순히 남을 인정하는 일은 좀처럼 없다고. 그러니까 너도 순순히 인정해."

잔을 손에 쥔 채 시마바라의 뒤를 지나간다.

"어디 가세요?"

"화장실. 가는 김에 마츠우라를 불러올게."

히라도의 모습은 안쪽 통로로 사라졌다. 아직 술을 마시지 않았을 텐데 묘하게 다리가 휘청거리고 있다. 지금까지의 피로 때문일까. 아니면 지금부터의 정신적 피로 때문일까.

"왠지 피곤해 보이네, 히라도 형."

시마바라에게 말을 걸자, 시무룩한 얼굴로 대답했다.

"리더니까요. 하지만 히라도 형이 있어서 큰 도움이 됐어요. 아니었으면……."

"오무라 형이 리더구나."

둘이서 웃고 있을 때 안쪽에서 굵직한 외침이 들렸다.

오———, 하며 네안데르탈인의 우렁찬 외침 같은 소리
가. 즉시 시마바라가 일어선다. 주방에 있던 오무라도 당
황하며 이쪽으로 얼굴을 내민다.

"……히라도 형 목소리지?"

"뭔가 부르고 있는 것 같아요."

잘 들어보니 비명이 아니라 "빨리 와줘!" 하고 큰 소리
로 우리를 부르는 듯했다.

세 명이 같이 화장실로 뛰어간다. 화장실은 소변기가
세 개, 맞은편에는 변기 칸이 하나 있고 입구 가까이에 세
면대가 두 개 놓여 있다. 가서 보니, 문을 열면 바로 있는
세면대 앞에 히라도가 쭈그려 앉아 있었다. 그 맞은편에는
치즈루가 위를 보고 쓰러져 있고 히라도가 치즈루의 머리
를 감싸고 있다. 치즈루는 사지를 축 늘어뜨린 채 의식이
없는 듯하다. 주변에는 안경과 슬리퍼가 나뒹굴고 있다.

"마츠우라가? 어쩌다?"

"모르겠어. 화장실에 들어가려고 문을 열었더니, 세면
대 앞에 정신을 잃고 있었어. 어쩌면 누군가가 덮쳤을지도
몰라."

히라도는 치즈루의 손목을 들어 올려 맥을 짚었다.

"그래도 그나마 괜찮은 것 같다."

치즈루의 셔츠 소매단의 금실에 약간의 혈흔이 묻어 있다. 하지만 치즈루 본인에게는 언뜻 보아 피를 흘린 기색은 없다.

"상처가 있을지도 모르니까 옷을 벗기는 편이……."

시마바라가 셔츠를 벗기려고 가슴 쪽에 손을 내뻗는다.

"어이, 그만둬. 보기에는 아무렇지 않은 것 같네."

나도 모르게 그 손을 잡고 시마바라를 제지했다.

"무슨 소리예요!"

역으로 시마바라가 덤벼들었다.

"만약 상처가 있으면 겉에까지 새어나왔겠지."

"너무 경솔해요. 어떻게 그런 무책임한 말을 할 수 있는 거죠? 도저히 이런 상황에서 할 판단이라고는 생각할 수 없네요."

선후배에 상관없이 날카로운 비난에 얼떨결에 움츠러들었다.

"어이, 어이. 말다툼은 그만둬. 뭐 내가 보기에도 괜찮아 보이는군."

보다 못한 히라도가 중재에 들어왔다. 여전히 무릎 위에는 치즈루의 후두부를 올린 채.

"히라도 형마저. 근거가 뭐예요?"

어이없다는 말투로 이번에는 히라도를 힐책한다. 시마바라도 진심으로 걱정하고 있기 때문일 것이다. 그 기분은 안다. 평소에는 말다툼이 끊이지 않는 두 사람이지만 사이가 나쁜 것은 아니다.

"냄새야. 잠깐 맡아봐. 미미하지만 약품 냄새가 나지 않아?"

그 말을 듣고 시마바라는 치즈루의 입 주위에 코를 갖다 댔다. 미간을 찌푸리고 킁킁 소리를 낸다.

"분명 그렇네요. ……마취인가요?"

"아마도 클로로포름일거야. 지하 침실에 놓여 있었어."

그때 치즈루가 조그맣게 신음했다. 눈은 감고 있는 걸 보니 아직 의식은 돌아오지 않은 듯하다.

"이봐! 정신 차려!"

히라도는 귓전에 대고 고함을 지르며 볼을 가볍게 찰싹 찰싹 때렸다. 거칠고 엉성한 방법이지만 효과는 있는지 치즈루가 천천히 눈을 뜬다.

"……히라도 선배?"

눈앞에 바싹 붙어 있는 수염투성이 얼굴에 놀랐는지 치즈루는 희미하게 소리를 냈다.

"괜찮아? 마츠우라!"

백설공주를 잠에서 깨우는 왕자처럼 히라도는 상냥하게 불렀다.

"으음, 어떻게 된 거죠……, 저?"

꿈이라도 꾼 것일까. 잠에서 금방 깼을 때의 흐리멍덩한 얼굴로 치즈루는 멍하니 물었다.

"어떻게 됐는지 묻고 싶은 건 이쪽이라고. 내가 왔을 때 너는 화장실에 쓰러져 있었어."

그제야 겨우 정신이 드는 것 같다. 당황하며 일어나자 두리번두리번 두 번이고 세 번이고 주위를 살펴본 후 아직 혀가 잘 돌아가지 않는 말투로 단편적인 기억을 더듬었다.

"화장실에 가려고 문을 열었더니, 누군가 갑자기 입에 천을 갖다 대는 바람에……. 그대로 정신이 혼미해져서."

이야기를 종합해보면, 누군가가 화장실 문 안쪽에 숨어 있었고, 문을 열고 안에 들어간 순간 뒤에서 겨드랑이 밑으로 손을 넣어 움직이지 못하게 목덜미를 조인 다음 클로로포름을 묻힌 천을 입에 갖다 대었다. 갑자기 습격을 당했기 때문에 범인에 대해서는 아무것도 아는 바가 없다고 한다.

치즈루는 자신이 습격당했다는 사실에 처음에는 그저 떨고만 있었지만 상황을 설명하는 동안 서서히 안정을 되찾는 것 같았다. 적당한 때를 보아 히라도가 물었다.

"그래서 뭐 잃어버린 것은 없어?"

"잃어버린 것?"

치즈루는 재빨리 소지품을 점검해본 후 "없어요"라고 대답했다.

"특별히 아무것도 갖고 오지 않았으니까요."

"열쇠는?"

옆에서 시마바라가 물었다.

"열쇠도…… 있는데"라고 치즈루는 주머니에서 방 열쇠를 꺼냈다.

"그렇다고 하는 것은 마츠우라를 잠들게 하는 것이 목적이 아니었나 보군. 이유는 모르겠지만 무언가에 말려들었다는 건가. 기분 나쁜 예감이 드네요."

시마바라가 냉정하게 분석했다.

"그런데 어째서. 범인은 강에 떨어져서 떠내려간 것 아니었어? 아니면 살아남아서 여기로 다시 돌아온 거예요?"

조금 전까지의 낙천적인 기분과 반비례하듯 오무라가 치즈루 이상으로 겁먹은 얼굴을 하고 소리를 질렀다. 그의 머릿속에서는 깔끔하게 풀려 있던 실이 다시 단단한 매듭을 짓고 얽혀 있는 느낌일 것이다.

"그럴지도."

히라도가 무책임한 투로 대답했다. 누가 한 짓인지 짐작은 하고 있을 것이다. 다만 이 상황에서 설명하고 싶지 않은 모양이다. 거울 앞에 놓아두었던 와인 잔을 들더니 한 번에 꿀꺽하고 마셔버리고 말했다.

"유감이지만 술자리는 연기다. 마츠우라는 방에서 쉬고 있어."

"제가 데리고 갈게요. 혼자 가면 위험하니까."

휘청대며 일어선 치즈루를 부축하기 위해서 시마바라가 옆에서 손을 두른다.

"난 괜찮아."

치즈루는 강경한 목소리로 뿌리치더니 억지로 걸으려고 했다. 하지만 마취가 완전히 깬 것이 아니라 어지러워진 치즈루는 벽에 손을 대었다.

"거 봐, 무리하지 말라니까."

다정하게 나무라며 억지로 등 뒤로 손을 돌려 몸을 받쳤다. 순간, 시마바라의 표정이 굳어진다.

"……마츠우라, 정말로 쉬는 편이 좋겠어."

목소리가 냉정해졌다. 바로 조금 전까지와는 전혀 다르게 완강한 표정이다.

224

"하지만……."

"또 한 번 당하고 싶은 거야?"

위압적으로 그렇게 쏘아붙이자 제아무리 치즈루라도 따를 수밖에 없었다. 둘은 화장실을 나와서 이인삼각처럼 어색하게 복도를 걸어갔다.

"어이, 마츠우라. 안경 잊어버렸어."

세면대 아래에 떨어져 있던 안경을 집어들은 히라도는 뒤를 쫓아가 건네주었다. 안경은 시마바라가 받아 들어서 "자" 하며 치즈루의 얼굴에 씌어주었다.

"안경 정도는 혼자서 쓸 수 있어."

투덜대면서도 시마바라에게 기대어 걸어간다.

히라도는 흐뭇하게 뒷모습을 보고 있다가 물었다.

"그런데 도대체 무슨 속셈으로 마츠우라를……. 응? 한 명이 없잖아."

"그러고 보니 아까부터 샤워하는 소리가……."

오무라의 말을 듣고 욕실을 보니 샤워기 소리가 희미하게 새어 나오고 있다. 비밀의 문이 없는, 라운지에서 가까운 쪽의 욕실이다.

"참, 그러고 보니 그 녀석 목욕하러 간다고 했었는데."

떨떠름한 표정으로 욕실 입구를 본다. 성큼성큼 다가가

서 탈의실 문을 연다.

"어이" 하고 큰 소리로 불렀지만 대답이 없다.

"샤워 물줄기 소리에 안 들리는 거 아니에요?"

하지만 들으려고도 하지 않고 히라도가 다시 불렀다.

"어이."

두 번 세 번 반복했지만 반응이 전혀 없다. 사람이 있는 기색조차 느낄 수 없었다.

"도망친 건가……."

작게 중얼거린 뒤 "들어간다!" 하고 히라도는 탈의실로 들어가 목욕탕 문을 열었다. 김이 자욱하게 탈의실로 흘러 나온다. 동시에 약품 냄새가 코를 찌른다. 열기에 더해져 숨이 막힐 듯한 냄새, 조금 전 치즈루에게서 났던 것과 같다. 다만 이번에는 그에 더해 금속 냄새도 섞여 있다.

히라도의 움직임이 멈춘다. 목욕탕 문을 연 채 입구에 우두커니 서 있다. 말도 없다.

등 뒤에서 얼굴을 들이밀고 본다. 틈 사이로 보이는 욕조는 선홍빛으로 물들어 있었다. 선혈이다. 샤워 물이 직접 욕조로 세차게 쏟아지고 혈액이 섞인 목욕물이 흘러넘쳐 작은 강이 되어 구석에 있는 배수구까지 흘러가고 있다. 배수구 덮개 위에는 두꺼운 거즈가 물에 떠내려와 있고, 한편으로 욕조 옆에는 칼날에 끈적끈적한 피가 묻어 있는 단검이, 밀랍인형의 가슴에 꽂혀 있던 단검이 떨어져 있었다.

그리고 김이 자욱한 욕조에는…… 핏기를 잃어버린 창백한 사체, 오른쪽 손목을 긋고 어깨까지 물에 잠긴 사체가 이쪽에 등을 지고 앉아 있다.

"안 되겠어. 맥이 없어."

멍하니 있다가 결박이 풀린 듯 달려가 목덜미의 맥을 잡은 히라도가 굳은 표정 그대로 고개를 젓는다. 그러고 나서 덮개 위에서 춤추듯 흐물거리는 거즈를 주워 들고 코에 갖다 대었다.

"클로로포름이다. 조지의 유산이군."

"……자살인가요?"

그렇게 문자 샤워 꼭지를 잠그면서 히라도는 천천히 수긍한다. 지금까지의 소음은 사라지고 아름다운 선율의 빗소리만이 조용히 울려 퍼진다.

"편안하게 죽으려고 손목을 끊은 다음 스스로 흡인했겠지. 세심하군."

히라도는 조용하게 이쪽을 보며 말을 이었다.

"……너희들에게는 다물고 있었는데 사세보 형의, 아니

조지의 공범자가 이 녀석이야. 분명히 시마바라의 추리를 엿듣고 있었을 거야. 이건 각오하고 한 자살이다……. 그런데 어째서 마지막에 마츠우라를 덮친 거지?"

"조용히 죽고 싶었을지도?"

"그렇군. 지하에 클로로포름을 가지러 내려가서 탈의실 쪽으로 나왔을 때 마츠우라의 모습을 발견하고 당황해서 화장실로 도망갔을 거야. 이어서 마츠우라가 들어왔기 때문에 클로로포름을 맡게 해서 재운 다음 조용하게 목숨을 끊었다. 그런 경위일지도 모르겠군. 살아서 치욕을 당하기는 싫었겠지. 최악의 나쁜 놈이지만 임종만큼은 칭찬할 만하네."

"어떻게 된 거예요? 범인은 후미에가 아니었어요?"

이 자리에서 유일하게 사정을 이해하지 못하고 있는 오무라가 혼란스런 얼굴로 히라도를 바라본다. 하지만 그에 상관 않고 히라도는 말을 이었다.

"너 때도 그랬지만, 이 녀석이 살인광이 아니라서 다행이야. 갈 때까지 가보자는 심정으로 마츠우라를 저승길에 데려가는 선택지도 있을 수 있었으니까 말이야. 사세보 형이라면 주저 없이 죽였을지도 모르지."

안도와 경멸이 뒤섞인 시선이다. 아킬리즈의 리더로서

어떤 심경일까.

"이것으로 모든 것이 끝났어……."

증기가 자욱한 목욕탕에서, 빗소리가 진혼곡을 연주하는 목욕탕에서, 히라도는 핏기를 잃어버린 이사하야의 사체를 조용히 내려다보고 있었다.

## 19. 어둠 7월 18일 오전 2시 35분

문을 닫고, 어두운 복도를 걸어간다. 한 걸음 한 걸음 신중하게. 침착해야 돼, 침착해야 돼, 생각하면서도 무언가가 등을 밀어낸다. 무언가 알 수 없는 흥분이 격렬하게 가슴을 휘젓는다.

뚝뚝뚝, 뚝뚝뚝. 빗발이 굵어져 파이어플라이관에 부딪치는 소리가 복도에 울려 퍼지고 있다. 흡사 물방울 오케스트라 같다. 왼쪽 앞에는 제1 바이올린이 연주하고, 그것을 추종하듯이 오른쪽 후방에서 첼로가 낮게 신음한다. 바순과 클라리넷이 저 멀리 앞쪽에서 나란히 달리고, 뒤통수 바로 뒤에서 트롬본과 튜바가 위압한다.

사람의 모습은 보이지 않는다. 오렌지색 간접 조명이 희미하게 복도를 비추고 있다. 이사하야의 자살로 사건은 끝났다. 치즈루를 침대에 누인 뒤 내려온 시마바라가 자신의 추리를 설명한 것이다. 이사하야는 반디의 방에서 시마바라의 추리를 엿듣고는, 더 이상 도망칠 수 없다는 것을 감지한 상태에서 각오하고 자살했다고. 츠구미의 애인이었던 이사하야라면 의심받지 않고 가장 확실하게 츠구미를 불러낼 수 있었을 것이다. 그가 어떻게 조지의 공범자로서 사세보에게 현혹됐을까? 애인인 츠구미를 희생양으로 바칠 때의 심경은 어떠했을까? 진상은 모두 어둠속으로 사라졌다.

그러나 솔직히 말해서 아무도 거기까지는 알고 싶지 않았다. 경찰이나 선량한 시민에게는 중요하겠지만 가까이에 존재했던 어둠을 이 이상 깊숙이 엿보고 싶지 않았던 것이다. 조지가 죽고 비의 감옥에 평화가 돌아왔다. 그것만으로 충분했다. 아무래도 술자리 분위기는 엉망이 되었지만, 모두 안심하고 각자의 방으로 돌아갔다.

……그런데 정말로 그랬을까?

복도를 왼쪽으로 꺾으며 다시 생각해본다.

히라도의 말대로 이사하야가 치즈루를 덮쳤다고 한다면

당연히 손목을 긋고 자살하기 전이다. 죽은 사람이, 유령이, 클로로포름을 맡게 하다니 어림없는 일이다.

그렇다면 치즈루의 소맷자락에 묻어 있던 혈흔은 무엇을 의미하는 것일까? 만약에 그것이 이사하야의 혈액이라고 증명된다면……

G……, A……, 문에 있는 플레이트를 확인하며 발걸음을 죽이고 복도를 걸어간다. 오케스트라는 연주를 멈추지 않는다.

만약에 치즈루가 습격당한 사건이 조작이라고 가정한다면 어떨까? 습격당한 이상 자신이 이사하야를 죽인 범인은 아니라고 어필하기 위한 자작극이라면. 그 상황에서 가장 현장 가까이에 있었고, 따라서 이사하야를 살해할 기회가 있었던 것은 치즈루밖에 없다. 목욕탕에서 자살을 위장한 다음 화장실로 돌아와 쓰러져 있다. 이상하게 생각한 누군가가 올 때까지 가만히 기다리면서. 이것으로 무사히 피해자가 되어 용의선상 밖으로 빠진다. 하지만 유감스럽게도 이사하야를 살해했을 때 묻은 소매의 혈흔은 알아차리지 못했다.

스토리가 딱 들어맞는다.

치즈루에게는 살해 동기가 있다. 복수라고 하는, 츠구

미의 원수를 갚겠다고 하는 동기. 츠구미를 사랑한 나머지 경찰에 맡기지 않고 스스로의 손으로 이사하야를 처벌하고 싶다는 동기가.

B⋯⋯, 치즈루의 방 앞에서 멈췄다. 열쇠는 잠겨 있지 않다. 30분 정도 전에 히라도와 시마바라가 치즈루가 잠든 것을 확인하고 방을 나왔다. 열쇠는 잠그지 않고 그냥 문만 닫았을 뿐이다. 공범자인 이사하야가 자살을 했으니 안심했을 것이다. 막은 모두 내렸다고.

문을 열어 방 안의 상황을 살핀다. 실내는 캄캄했다. 빗소리의 음색이 변한다. 오케스트라에서 실내악으로.

뚝뚝뚝, 뚝뚝뚝.

어둠 속에서 가만히 바라보자 침대에서 머리까지 이불을 뒤집어쓰고 있는 모습이 보인다. 어지간히 무서운 체험이었으리라. 옆으로 웅크리고 누워 있는 이불 모양으로 알 수 있다.

"⋯⋯마츠우라."

작게 불러보았지만 반응은 없다. 작은 숨소리가 들릴 뿐. 편안히 잠들어 있는 듯하다.

……빨리 해야 한다.

주머니의 비닐봉지에서 거즈를 재빨리 꺼낸다. 그리고 또 다른 한 손을 이불에 걸친다. 안 돼, 멈춰. 지금이라면 아직…….

마음 깊은 곳에서 희미한 빛이 속삭였다. 하지만 몸속에 울려 퍼지는 노이즈에 허망하게 가려져 사라져 간다. 그리고 미미하게나마 남아 있던 망설임을 떨쳐버리듯이 팔이, 근육이, 마음대로 움직였다.

그때였다.

"그만하시죠."

갑자기, 뒤에서 목소리가 들리고, 방안의 조명이 켜졌다. 희고 눈부신 빛이 망막을 뒤덮는다. 나도 모르게 눈을 감았다.

무슨 일이 일어난 거지? 영문도 모른 채 그 자리에 우두 커니 서 있다.

몇 초 후 서서히 시야가 회복되어 희미하게 사람의 모습이 보였다. 뾰족한 금발. 알로하셔츠.

눈앞에 서 있던 것은 시마바라였다.

"역시 오셨군요. 이 방에 도청기가 설치되어 있는 것은 이미 알고 있었어요. 그래서 그것을 역이용해보았죠."

차분한 말투로 우쭐대며 그는 말했다. 조금 올라간 입매가 화가 치밀 정도로 우쭐대는 것처럼 비친다.

역시 나에게 용자는 무리였던 것일까…….

"자, 거즈를 내려놓고, 의미 없는 살인은 그만두세요."

# 20. 반디 7월 18일 오전 2시 40분

"······역시 소매의 혈흔에 의문을 가진 건가?"

내가 묻자, "맞아요" 하고 시마바라가 수긍했다. 그 시마바라의 뒤에서 또 한 사람이 얼굴을 내민다.

치즈루였다. 오른손으로 시마바라의 어깨를 꽉 잡고 암갈색의 눈동자, 떨고 있는 눈동자로 나를 바라보고 있다.

그럼 침대 위에는?

당황해 뒤돌아보니 이불 안에서 수염이 덥수룩한 얼굴이 나타났다.

"부탁이니까 나를 죽이지 말라고. 나는 아직 영면하기 싫어."

히라도가 느릿하고 김빠진 목소리로 쓴웃음을 짓고 있다. 그러나 눈은 진지하다. 슬픔을 간직한 눈만큼은.

더 이상 도망칠 수 없는 듯하다…….

"라운지로 가시죠. 거기가 편안하게 이야기할 수 있어요. 여기는 너무 좁아요."

체념한 것을 알아챘는지 시마바라가 조용히 권한다.

"그러네. 누가 듣고 있을지 모르는 일이니까."

입을 일그러뜨려 그렇게 대꾸하는 것이 고작이었다.

세 명의 감시하는 시선을 느끼며 천천히 계단을 내려가 라운지로 나갔다. 도망갈 생각은 추호도 없다. 애당초 이런 폭풍우 속에서는 어떻게 할 수도 없다. 내 몸을 지키기 위해서 이 세 명을 어떻게 해야겠다는 생각도 들지 않는다. 복수는, 모든 것은 끝났다.

게다가 나는 용자가 아니었다. 용자라면 모든 것을 버리고서라도 여기에서 도망쳐서 권토중래를 기할지도 모른다. 하지만 이런 나로는…… 더 이상 그럴 기력도 없었다.

라운지에는 어느샌가 오무라가 있었다. 사정을 알고 있는지, 여기, 하며 무표정한 얼굴로 커피를 내민다. 전에 없이 상냥한 목소리였다.

똑똑똑, 똑똑, 똑똑똑. 진혼곡과 닮은 빗소리가 확실하게 귀에 닿는다. 유리 천장에는 변함없이 비가 내리붓고 있다. 이사하야가 죽은 목욕탕에서 울려 퍼지던 진혼곡. 그것이 지금 나를 향해서 연주되고 있다.

"분위기를 보니 모두 알고 있는 것 같군."

부드러운 소파에 몸을 묻었다. 오랜만에, 츠구미를 잃고 나서 반년 만에 처음으로 몸을 쭉 편 기분이 들었다. 기분 좋은 피로감이라고 할 만한 찌릿함이 전신을 감싼다. 이대로 잠들어버릴 것 같다. 가능하면 모든 것을 잊고서 이대로 잠들어버리고 싶다.

하지만 그것은 허락될 수 없었다. 슬프지만 나에게는 아마도 여기가 처음이자 마지막 스포트라이트일 테니까. 바깥세상에서는 조지의, 사세보의 그늘에 가려질 것이 눈에 보인다. 게다가 미성년이니. 적어도 이들의 기억에서만큼은 다른 누구도 아닌, 나가사키 나오야라는 이름을 새기고 싶다.

"……이사하야 형은 자살이 아니었어요. 그렇다면 이사하야 형은 조지의 공범자가 아니었던가? 아니, 제 추리가 잘못되었을 리 없어요."

정면에 앉은 시마바라가 조용히 설명을 시작한다.

"그럼, 왜 이사하야 형이 살해당했는가? 생각할 수 있는 이유는 한 가지. 그가 조지의 공범자였기 때문입니다. 조금 전에 반디의 방에서 제가 히라도 형에게 이야기했던 추리를 엿듣던 사람이 있었습니다. 처음에는 그것이 자살한 이사하야 형이고, 제 추리를 듣고서는 모든 걸 체념하고 자살했을 것이라고 생각했습니다. 본인 이외에는 아무 말 없이 사라질 이유가 없으니까요. 하지만 이사하야 형이 살해당했다는 것을 알게 되었을 때, 엿듣던 게 다른 인물일 가능성이 생겨났습니다. 그것은 이사하야 형이 공범자라는 사실을 알고 사적으로 제재를 가하려고 한 사람이 아닐까 하고."

"복수······."

팔짱을 끼고 복잡한 얼굴로 히라도가 중얼거렸다.

"복수. 이 키워드는 중요했습니다. 여하튼 이미 사세보 선배는 살해당했습니다. 그렇게 되면 사세보 선배도 피해자인 후미에에게 죽임을 당한 것이 아니라 같은 진범에게 살해당했다고도 생각할 수 있기 때문입니다. 그래서 그때까지 가졌던 생각을 고칠 필요가 있었습니다. 당초 저는 사세보 선배가 후미에에게 살해당하고, 이사하야 형이 후미에를 죽이고, 조지의 정체를 숨기기 위해서 사체를 옮기는 등 위장을 했다고 추리했습니다."

"하지만 아니었다는 거지?"

"네. 여자와 공범자뿐 아니라 또 한 사람이 있었습니다. 여기에서 중요한 것은 사체를 둘러싸고 이사하야 형과 범인 사이에 오해가 있었다는 것입니다. 분명히 이사하야 형은 제가 추리한 대로 후미에가 사세보 선배를 죽였을 거라고 생각했을 것입니다. 그리고 지하 침대에서 발견했을 때는 후미에도 이미 죽어 있었죠. 그래서 둘은 동시에 상대를 죽인 것이라고 생각했습니다. 하지만 실제로는……."

"내가 아니야. 이것만은 말해두는데. 그 여자는 사세보가 죽인 거야. 내가 지하 침실에 갔을 때 그녀는 목이 졸려서 이미 숨이 끊겨 있었어. 참혹한 광경이었다고……. 그런 것도 있고 해서."

설사 범인이라고 인정하는 꼴이 되더라도 자존심을 위해 보충 설명을 할 수밖에 없었다. 내가 죽인 것은 조지와 그 공범자 두 사람뿐이다. 츠구미의 복수를 위해서. 그런데도 츠구미와 같은 처지의 여자를, 그것도 츠구미와 닮은 여자를 어째서 죽일 수 있다는 말인가?

그때 치즈루가 숨을 죽이는 소리가 들렸다. 지금까지 미미하게나마 품고 있었을 의심이 완전하게 일소된 순간. 모든 것이 끝이다.

"그것은 믿읍시다. 아니, 믿게 해주세요."

평소의 시마바라와는 달리 정이 담긴 목소리로 말했다.

"그래서, 쌍방 간에 생긴 오해라는 게 뭐야?"

히라도가 이야기를 다시 되돌렸다. 오무라도 치즈루도 클럽 체어에 앉아 있었지만 히라도만은 계속 옆에 서 있다. 팔짱을 끼고 계속 엄한 표정으로 내려다보고 있다.

"이사하야 형은 둘이 싸우다 죽은 것으로, 사태는 완결되었다고 느꼈어요. 사세보 선배가 후미에의 목을 조르고, 저항하는 후미에가 최후의 힘을 발휘해 사세보 선배의 가슴에 단검을 찔렀다고. 그러니까 필사적으로 무마하려 했던 것입니다. 만약에 따로 관여하고 있는 인물, 진범이 있다는 것을 알았다면 자신이 조지의 공범자라는 흔적만을 지우고, 사체는 그대로 두었을 테니까요."

"어째서?"라고 바로 히라도가 묻는다. 이제는 왓슨 역할마저도 히라도에게 뺏긴 모양새다.

"하나는 지하 침실의 존재를 진범이 알고 있기 때문입니다. 제아무리 필사적으로 은폐하려고 해도 진범이 어떻게 나오냐에 따라서 밝혀지게 되어 있습니다. 또 한 가지는 공범자가 이 멤버 안에 있다는 사실을 진범에게 일부러 알려주는 꼴이 되기 때문입니다. 진범은 조지는 사세보 선배 혼자라고 생각하고 있을지도 모릅니다. 그런데 어설픈 잔꾀를 부린 결과 공범자가 이 안에 있다는 것을 알게 되면, 사세보 선배와 마찬가지로 복수하러 올 것이 틀림없겠죠. 이번에는 자기 목숨이 위험하게 되는 셈입니다. 실제로, 진범은 공범자의 존재를 몰랐고, 조지는 사세보 선배 혼자라고 생각하고 있었을 겁니다. 만약 알고 있었다면 사체가 발견되기 전에 공범자의 신원을 조사해서 처리했을 테니까요. 그렇기 때문에 아침이 되어 사체가 이동되어 있거나 전화가 고장 나 있는 것을 보고서야 비로소 공범자가 이 안에 있다는 사실을 알게 되었을 것입니다."

"결국 이사하야는 그대로 방치해두면 괜찮았을 것을 쓸데없는 잔꾀를 부린 셈인 건가. 딱 긁어 부스럼 꼴이군."

히라도가 차갑게 내뱉는다. 조지의 공범자라는 것을 알고부터는 이사하야에 대한 동정의 목소리는 없었다.

"결과적으로는 그렇게 되었지요. 하지만 여기에서 중요한 것은 이사하야 형은 여전히 범인을 후미에라고 생각하고 있었고, 진범 쪽은 갑자기 모습을 드러낸 공범자가 누구인지 모르고 있었다는 점입니다."

"피프티 피프티인 셈이군."

"아니죠. 진범은 공범자가 존재한다는 사실을 알고 있

242

는 데 반해서, 이사하야 형은 진범의 존재조차 모르는 거예요. 상황은 명백하게 진범 쪽이 유리합니다. 제삼자 입장에서 객관적으로 보면 그렇다는 거지만."

시마바라는 히라도가 아니라 줄곧 내 눈을 응시하면서 이야기하고 있다. 반응을 살피며 추리가 맞는지를 추인하기 위해서일 것이다.

"하지만 사실 진범은 공범자가 그들이 서로 뒤얽혀 싸우다 죽었다고 착각하고 있다는 것을 모릅니다. 같은 편을 잃어버린 공범자가 진범을 찾기 위해 혈안이 되어 있지 않나 하고 진범 쪽이 오히려 지레짐작으로 억측을 하여 함부로 움직일 수 없게 되었던 겁니다. 무턱대고 반디의 방이나 지하를 조사하다가는 반대로 습격당하기 십상이라고 생각했을 테지요. 어쨌든 공범자도 살인마 조지인 셈이니까요."

"서로 착각하다가 교착 상태에 빠진 거군. 왠지 독불의 포니 워* 같은걸."

"애초에 히라도 형과는 달리 진범은 열쇠가 잠긴 방을 열 수 없습니다. 비밀의 통로는 시계를 조작해서 출입할

* Phoney War, 제2차 세계대전 초기의 서부전선. 독일과 프랑스는 전쟁 중이었음에도 전투가 없었던 상황을 가리킴.

수 있지만 공범자가 아침에 잠가놓은 지하 방에는 숨어 들수 없었습니다. 그런 연유로 이상하게도 이사하야 형 쪽이 실제로는 위험한 상황이었음에도 불구하고 모르는 게 약이라고 거리낌 없이 돌아다녔던 것입니다. 물론 모르는 게 약이라는 면에서는 우리들도 같았지만 말이에요. 만약 조지가 관여하고 있다는 걸 처음부터 알았더라면 태평스레 반디의 방 탐색 따위를 할 수 있었을까요?"

"뭐, 그건 그러네" 하며 히라도가 수긍한다.

"희대의 살인마를 상대로 거기까지 할 근성은 나한테는 없어."

"……유감스럽게도 내 머리로는, 이 아무 쓸모없는 머리로는 또 한 명의 조지가 누구인지까지는 몰랐어. 분했어. 진실에 가장 가까운 곳에 서 있는 셈인데, 겨우 겨우 용자가 될 수 있을 거라고 생각했는데. 진정한 용자가 아니었기에 사건의 진상을 밝힐 수가 없었어. ……그래서 히라도 형과 시마바라를 따라 다녔던 거야. 이 두 사람이 공범의 정체를 파헤쳐줄 거라 믿고."

만일 시마바라와 같은 힘이 있었다면, 왓슨 역할에 만족하는 일 없이 간단히 흔적도 남기지 않고 이사하야를 처리할 수 있었을 것임이 틀림없다. 반디의 방에서 시마바라의 추리를 들었을 때 얼마나 내 자신을 저주했었던가. 단서는 눈앞에 있었던 것이다.

"역시. 그래서 시마바라의 추리를 엿듣고, 공범자가 이사하야라는 사실을 안 것이로군. 그래도 너는 사세보 형이 조지라는 것을 간파하고 지하 방까지 발견했잖아. 그것만으로도 대단하다고 생각하는데."

위로해주려고 하는 것일까. 온화한 목소리로 히라도가 말한다.

"그건 그냥 우연이에요. 사세보 선배가 조지가 아닐까 한 건 마츠우라처럼 누나의 사진을 보고 생각난 거예요. 다만, 저는 1년 전에도 여기에서 사진을 봤으니까. 츠구미가 살해되었을 때, 피해자 사진을 늘어놓고 비교했었어요. 몇 번이고 몇 번이고 파고들 듯이 뚫어져라 봤어요. 특별히 범인을 잡아야겠다는 이유에서가 아니라, 그때는 가까이에 조지가 있을 거라고는 생각도 못 했으니까, 그저 오로지 증오심을 키우기 위해서. 그러자 희미하게 어떤 얼굴이 떠올랐어요. 사세보 선배의 누나의 얼굴이……."

"파이어플라이관에 온 것은 그것을 확인할 의미도 있었던 건가."

"처음에는 모호한 의혹일 뿐이었어요. 하지만 결과는

예상 이상이었어요. 담력 테스트 때 사세보 선배는 술자리 준비를 하려고 안으로 갔었죠? 그 뒤에 저도 화장실에 갔었는데, 주방에도 화장실에도 사세보 선배의 모습은 없었어요. 다만 화장실 앞의 괘종시계만이 한 시간 늦춰져 있었어요. 그리고 그 다음에 오무라 형의 소동이 있었고. 이상하게 생각해서 술자리 도중에 다시 한 번 시계를 봤더니 원래대로 돌아와 있더군요. 조금 전에는 잘못 본 걸까 생각했지만 술자리가 파하고 다시 한 번 보러 갔더니 이번에는 또 한 시간 늦춰져 있었어요. 그제야 비로소 무언가 장치가 있다는 것을 알아차리고 짧은 바늘을 원래대로 돌리거나 늦추거나 해보았더니 욕실에서 어떤 소리가 들려오는 거예요. 살펴보니 탈의실 패널이 한 장 열려 있었어요. 비밀 통로가 휑하니 열려 있고 계단이 이어져 있었어요. 그때 비로소 조지의 꼬리를 잡은 기분이 들었어요. 원래는 여기서 멈추고 뒷일은 경찰에 맡기는 편이 좋았을 테지요. 하지만 저는 복수하고 싶었어요. 복수는 지금의 저밖에 못 하는 것이었어요."

그때의 흥분은 평생 잊을 수 없을 것이다. 츠구미의 죽음이 일생의 최악의 사건이라면 비밀 통로의 발견은 일생의 최고의 사건이었다. 용자가 될 수 있다. 이런 나라도 용자가 될 수 있다. 처음으로 스스로에게 자신감을 가진 때였다.

"그래서 지하로 들어간 건가?"

턱수염을 만지작거리며 히라도가 조용히 재촉했다.

"마츠우라의 경우와는 달리 운 좋게도 문이 열려 있었어요. 아마도 뒤에 이사하야가 올 때를 위해서 열쇠를 잠가두지 않았을 테지요."

벽에 붙어 있는 피해자들의 사진을 보고 사세보가 조지라는 것을 확신했다. 그때 커튼 안쪽에서 날카로운 비명이 들려서 조심조심 동굴을 들여다보니, 여자의 손과 발의 피부를 단검으로 난도질하고 마지막에는 목을 조르고 있는 사세보의 모습이 보였다. 사세보는 지금까지 본 적도 없는, 아니 상상조차 한 적 없는, 귀신이 들린 듯한 굳어진 형상을 하고 있었다. 인간의 얼굴이 아니었다. 두 사람 다 전라로, 여자의 팔다리는 단검의 상처 때문에 피로 젖어 있고, 사세보의 몸은 튀어오는 피로 뻘겋게 젖어 있었다. 죽음의 위기에 직면한 여자를 돕고 싶었다. 하지만 무서웠다. 다리가 떨렸다. 이대로 경찰에 신고하자. 조지의 정체를 알아냈으니까 이것으로 충분하잖아. 그렇게 생각하고 돌아가려고 했다. 만약에 여자를 살해한 후에 사세보가 옷을 입기 위해서 등을 돌리지 않았다면 그렇게 했을지도 모른다. 자신은 상대가 안 된다고, 패배감에 젖어서 돌아갔을 것이다.

하지만 여자를 살해한 후 침대에서 잠시 여운에 잠겨 있던 사세보는 지하수로 몸에 묻은 것을 씻어내고 옷장으로 향했다. 무방비 상태로 입구에서 완전히 등을 돌린 채. 단검은 침대 위에 있다. 기회는 지금뿐이다. 복수할 수 있는, 용자가 될 수 있는 기회는 지금뿐. 현장의 괴이한 분위기에 이끌려 턱 하니 등이 떠밀려졌다. 재빠르게 살며시 다가가서 단검을 들고 사세보의 등을 향했다. 그때 셔츠를 걸친 사세보가 "여어" 하며 뒤돌아봤다. 지금 생각해보면 이사하야라고 생각했던 것 같다. 그 뒤는 기억이 안 난다. 정신을 차리니 단검이 가슴에 꽂힌 사세보가 눈앞에 무너져내리고 있었다.

복수는 달성했다. 머릿속에 팡파르가 울려 퍼진다.

기쁨이 지나가자, 이번에는 공포가 엄습해 왔다. 아무리 상대가 조지라고 해도 자신이 살인범이라는 사실에는 변함이 없다. 만일에 정상참작을 받는다고 하더라도 유죄임에 변함은 없다. 이런 남자 때문에, 복수를 완수한 용자가 전과자가 되다니. 과연 지금까지 마왕을 물리친 구국의 용사가 재판에 회부되었던 적이 있었던가. 죄인으로 취급 당했던 적이 있었던가.

그렇게 생각하자 갑자기 무서워졌다. 땀이 목덜미에서, 겨드랑이에서, 등에서, 허벅지에서 한꺼번에 내뿜어 나왔다. 붙잡히기 싫다……. 다행히도 단검이 마개 역할을 해서 피가 튀지는 않았다. 옷은 깨끗한 그대로이다. 게다가 침대 위에는 안성맞춤으로 조지에게 막 살해된 피해자가 있다. 그녀한테는 미안하지만 서로 싸우다 죽은 것으로 경찰이 처리하게 하는 수밖에 없다.

"그래서 사세보 형의 사체를 침대 아래까지 이동시키고 그녀에게는 단검을 쥐어주었군."

설명에 열을 올리느라 정신 차리고 보니 커피를 다 마신 상태였다.

"다시 한 잔 갖다 드려요?"

치즈루가 말을 걸어준다. 바로 조금 전 이 손으로 죽이려고까지 했었는데, 착한 아이다.

"따뜻한 걸로 부탁해. 밀크랑 설탕은 많이."

이것이 천천히 음미하며 마실 수 있는 최후의 커피가 될지도 모른다.

"아, 마츠우라, 나도 부탁할게. 난 아이스로."

주방으로 막 향하려던 치즈루에 대고 시마바라가 서둘러 부탁한다. 태연한 척하고 있지만 그도 긴장될 것이다. 어쨌든 눈앞에 대치하고 있는 것은 진짜 살인자이니까. 치즈루는 이번에는 네가 끓여 마셔, 라고는 하지 않았다. 아무 말 없이 커피 잔을 치운다.

"그래서, 그것을 경찰이 아니라 예상치 못한 공범자가 믿어준 셈이군요."

커피를 끓인 치즈루가 돌아오자 시마바라는 다시 질문을 시작했다.

"사세보 선배에게 알리바이가 있었으리라고는 몰랐던 데다 공범자 같은 것도 전혀 생각하지 못했어. 알았으면 더 조심했겠지. 지하로 내려가는 것도 주저했을지 몰라."

"결국 두 사람 다 '모르는 게 약'이 주효했다는 거군."

"그런 것 같네요. 행운이었지. 행운이었던 것이 불운한 것이었을지도 모르지만, 나는 후회하지 않아. ……그래서, 어떻게 내가 진범이라는 걸 알았어?"

그 사이에 시마바라는 일단 커피를 입에 댔다. 그러고 나서 천천히 입을 열었다.

"화장실이에요. 마츠우라는 화장실에서 습격당했습니다. 정황상 추정해보면, 범인은 이사하야 형을 살해한 후,

화장실 앞의 시계 바늘을 조작해서 탈의실 문을 열려고 했죠. 그리고 탈의실로 돌아가려 했을 때 복도를 걸어오고 있는 마츠우라를 보았습니다."

지금 생각해보면 일부러 바늘을 돌려서 탈의실 문을 닫지 않는 편이 좋았던 것 같다. 살해하는 데 얼마나 시간이 걸릴지 몰라서 도중에 괘종시계가 늦춰져 있는 것이 발견될까 봐 두려웠기 때문이지만, 그것이 화가 되어 치즈루를 덮치는 지경에 처하게 되었다. 치즈루를 덮친 것은 절대 본심이 아니었다.

"그래서 서둘러서 화장실 문 안쪽에 숨었던 거죠? 거즈는 한 장 더 갖고 있었던 거예요?"

"예비로 지하에서 세 장 정도 갖고 왔어. 한 장은 이사하야에게 썼고, 두 장째는 마츠우라에게 쓴 다음에 화장실 변기에 흘려보냈어. 세 장째는 지금 갖고 있는 거야."

격렬하게 저항했을 경우를 대비해 주머니에 여분의 거즈를 감추고 있었다. 몸싸움을 벌여야 할 경우 체력 승부에서 이길 수 있을지까지 생각했다. 수중에는 거즈 외에 단검도 있다. 이것들을 쓰면 어떻게든 되겠지. 머릿속으로 몇 번이고 몇 번이고 시뮬레이션했다. 하지만 실제로는 허무하게 끝났다. 스스로의 트릭이 성공했다고 굳게 믿고 경계심이라고는 손톱만큼도 없었던 이사하야는 욕실 문을 연 나에게 "어쩐 일이야?"라며 묻기는 했지만, 그대로 등을 돌린 채 목욕물 속에 몸을 담그고 있었다. 완전한 무방비 상태였다. 재빨리 뒤에서 거즈를 대자 금방 정신을 잃었다. 맥이 빠질 정도로 간단했다.

"알겠습니다. 이야기를 계속하겠습니다. 진범이 마츠우라를 덮친 것은 부득이한 상황 같았습니다. 살해할 의도가 없었던 건 명백합니다. 어디까지나 도망치기 위한 비상수단으로. 하지만 그렇다고 하면 한 가지 의문이 생깁니다. 어째서 진범은 남자 화장실로 도망을 친 것일까? 욕실은 이사하야 형이 사용 중입니다. 그러니까 마츠우라가 화장실에 갈 생각이었다는 것은 자명한 일이었는데도 불구하고 말이죠……."

"그렇군."

옆에서 끼어든 것은 히라도였다.

"또 하나 있는 안쪽 여자 화장실에 숨으면 안전했을 텐데, 그렇게 하지 않았다는 거군."

"그렇습니다. 진범이 안쪽 여자 화장실로 도망갔다면 무사했을 겁니다. 게다가 설령 남자 화장실로 도망갔다고 해도 개별 칸에 숨어 있으면 무사했을 겁니다. 소변이라면 개별 칸에 들어갈 필요 없을 테니까요."

"쓸데없는 소동을 일으키지 않고 끝낼 가능성이 있었던 셈이다!"

"하지만 진범은 그것을 선택하지 않았어요. 문 뒤쪽에 숨는, 위장 자살을 망쳐버리기 십상인, 어설픈 수단을 취한 겁니다. 왜?"

그 즈음에서 말을 멈추고 히라도와 오무라를 번갈아 본다. 시마바라의 표정은 배우가 절정의 순간에 일순간 동작을 멈추고 인상적인 표정이나 자세를 취할 때와 비슷했지만, 어쩔 수 없다. 지금 이 순간은 시마바라를 위한 시간이니까.

시마바라의 기대에 부응하도록 그들은 입을 다문 채 다음 말을 기다리고 있다. 아직 알려지지 않은 것 같다. 치즈루만이 입을 다물고 고개를 숙이고 있다.

"진범이 남자 화장실로 도망친 것은 마츠우라가 여자 화장실을 사용할 것이라고 순간적으로 판단했기 때문입니다. 직후에 그 판단이 잘못됐다는 것을 알았지만 개별 칸에는 숨지 않았죠. 그건 마츠우라가 한 개밖에 없는 칸을 반드시 사용할 거라고 알고 있었기 때문입니다. 그렇기 때문에 문 뒤에서 숨어서 기다릴 수밖에 없었습니다."

"가지 군이 무슨 말을 하고 싶은 건지, 나는 완전히 모르겠는데."

답답하다는 듯이 히라도가 물었다. 라운지에 내려와 처음 보이는 알 수 없는 표정이다.

"결국 범인은, 마츠우라가 여자라는 사실을 알고 있었다는 것입니다."

"뭐라고!"

크게 소리를 지른 것은 히라도였다. 처음으로 검은 백조를 봤을 때의 유럽인들처럼 눈알이 튀어나올 듯이 치즈루를 빤히 쳐다본다. 그와는 대조적으로 오무라는 아무 말 없이 의자에서 흘러내려 와 있다. 의자 모서리에 뒤통수를 세게 박은 모양이다.

유쾌했다. 통쾌했다.

그들은 몰랐지만, 나는, 나만은 알고 있었다.

그것이 유쾌했다.

"마츠우라가 여자라고? 정말이야?"

히라도는 몸을 쭉 내밀고 치즈루와 시마바라 두 사람을 교대로 바라본다. 그것을 제지하듯이 시마바라는 냉정한 말투로 말했다.

"조금 전 제 방에서 들었습니다. 마츠우라 방에는 도청기가 설치되었을 우려가 있었으니까요. 마츠우라는 S대가 아니라 S여대에 1년 재수해서 올해 들어갔다고 합니다. 지금 갖고 있는 S대의 학생증은 한 살 아래인 동생 것을 슬쩍한 것이었습니다. 마츠우라 마사유키라는 것도 동생 이름이고, 본명은 마츠우라 치즈루라고 합니다. 그녀는 소꿉친구인 츠시마 츠구미를 죽인 범인을 찾아내기 위해서 아킬리즈에 가입했다고 합니다. 그러나 조지가 있을지도 모르는 상황에서 여자라는 것을 밝히는 것은 아무래도 위험천만한 일입니다. 그래서 그녀는 동생 행세를 하며 아킬리즈에 가입했고 머리를 짧게 자르고, 학생증 사진과 같은 검은 테 안경을 쓴 거죠. 아무리 생각해도 마츠우라다운 황당한 발상이지만, 너무 황당해서 저도 조금 전까지 보기 좋게 속고 있었습니다."

"이유야 어찌 됐든 그런 별난 사람이 있으리라고는 생각하지 않으니까, 보통은."

기가 막히다는 듯이 히라도는 숨을 내쉬고 찬찬히 치즈루의 얼굴을 빤히 쳐다보았다.

"도수 없는 안경인가? 그래서 아까 안경이 없어도 아무렇지 않았군. 좀 이상하다고는 생각했지만."

"정말, 너무 대담해서 한숨이 나올 것 같아요."

시마바라가 완패를 인정하는 얼굴로 치즈루를 향했다. 그로서는 솔직한 표현이다.

"죄송해요. 하지만 무서웠어요. 상대는 그 조지였으니까⋯⋯."

치즈루는 가냘프지만, 원래의 높고 부드러운 목소리로 사과하고, 천천히 안경을 벗었다.

"그럼 내가 본 여자 뒷모습은 마츠우라였던거야?"

오무라의 물음에 치즈루는 고개를 떨구며 시인했다.

"목욕한 뒤라 기분이 좋아서 그만 방심해서 본래대로 돌아가 버렸나 봐요. 그것을 오무라 선배가 그런 식으로 지적해서 저도 모르게 목에 타월을 두르고 있었다고 거짓말을 해버린 것 같아요."

시마바라가 대신해서 설명한다.

"⋯⋯죄송해요. 저 때문에 오무라 선배를 공포에 떨게 해서."

"괜찮아. 어쩔 수 없지, 사정이 사정이니까."

흡사 만우절에 어이없는 거짓말을 듣기라도 한 듯이 오무라는 대범하게 웃었다. 역시 여자에게는 무르다. 분명 여자 앞을 벌거벗고 서성거렸던 일 따위는 완전히 잊어버렸을 것이다.

"마츠우라는 하필이면 당사자인 공범자에게 조지의 일을 의논해버렸습니다. 설마 츠시마 씨의 애인이고 아킬리즈에서 가장 신뢰할 만한 사람이 조지의 공범자라고는 생각지도 못했다고 합니다. 다만 그나마 불행 중 다행인 것은 이사하야 형이 본성까지 살인마는 아니었다는 것입니다. 만약에 그 사람이 살인마였다면 조지의 비밀에 가까이 간 마츠우라를, 비밀의 문을 발견한 마츠우라를, 입막음을 위해 깔끔하게 죽였을 테니까요. 그리고 또 하나 행운이었던 것은, 목적은 밝혔지만 최후의 비밀인 자신이 여자라는 것까지는 이사하야 형에게 털어놓지 않았다는 것입니다. 어쩌면 이사하야 형의 대응도 달라졌을지도 모르니까요."

"조지는 색정광 살인마로 알려져 있으니까."

히라도가 조용히 보충 설명한다.

"여자라고 고백하면 분명히 조지를 찾는 것을 금지할 거라고 생각했어요. 게다가 역시 이런 곳에 여자 혼자라고 알려지면……."

치즈루는 창백해진 얼굴로 몸을 떨고 있다. 방에서 이사하야와 단둘이 있던 장면을 생각하고 전율하고 있는 것일까. 아니면 공범자인지도 모른 채 동지라고 믿었던 자신의 어리석음을 분해하고 있는 것일까.

"그러니까 말이다. 마츠우라가 여자라는 사실을 알고 있는 사람이 진범이라는 건가?"

어험, 하고 히라도가 기침을 한 번 하고는 말을 되돌리자, 호응하듯이 시마바라가 설명을 이어갔다.

"네. 혈흔과 거즈를 통해, 마츠우라를 덮친 사람이 바로 이사하야 형을 죽인 사람이라고 생각할 수 있으니까요. 그렇게 하니까 떠오르는 사람이 한 명 있었습니다. 그 사람은 제가 쓰러져 있는 마츠우라의 셔츠를 벗기려고 했을 때 당황해하며 제지했습니다. 셔츠를 벗기면 가슴을 압박하는 남장용 속옷을 입고 있는 것이 탄로 나버리니까요. 또한 그 사람은 마츠우라의 본명을 알고 있었습니다. 사세보 선배의 침실에서의 일입니다. 베개 아래에 있었던 은색 목걸이의 로고 'MC'를 보고 '마츠우라'라고 엉겁결에 입 밖에 냈습니다. 마츠우라의 이니셜이 '마츠우라 마사유키'의 'MM'이 아니라, '마츠우라 치즈루'의 'MC'라고 알고 있었던 것입니다. 그래서 나가사키 형, 당신이 진범이라는 걸 알았습니다."

나는 대답할 수 없었다. 가만히 시마바라를 바라보고 있었다. 이제 와서 긍정을 하든 부정을 하든 아무런 의미 없다. 모든 것이 명백해졌다. 축하해주면서 박수라도 치라는 건가.

하지만 시마바라는 직접적인 결과를 바라고 있는 눈치다. 행동을 같이 하도록 입을 닫고 조용히 기다리고 있다. 어쩔 수 없다. 여기서는 영광을 안겨주자.

"……그래서 나에게 초점을 맞춘 거야?"

"나가사키 형이 마츠우라 방에 도청기를 설치해둔 게 아닐까……. 그렇게 마츠우라가 의심하고 있었습니다. 왜냐하면 이사하야 형과 둘이서만 이야기했던 내용을 당신이 알고 있었기 때문입니다. 조지의 비밀을 혼자서라도 찾아보려는 마츠우라에게 '앞질러 가면 안 돼'라고 이사하야 형은 다짐을 받았습니다. 공범자로서는 당연한 말이었는데요. 하지만 오늘 아침 마츠우라가 혼자서 반디의 방에 들어갔던 것을 히라도 형이 나무랐을 때, 나가사키 형도 '앞질러 가면 안 돼'라고 주의를 주었지요. 확실히 당신이 마츠우라에게 말하는 것을 저도 들었습니다. 어째서 자신과 이사하야의 둘만의 대화를 나가사키 선배가 알고 있는 걸까. 마츠우라는 불안감을 느꼈다고 합니다. 그래서 이사하야 형에게 확인해봤더니, 이야기 내용은 결코 발설하지 않았다고 하고. 단순한 우연일지도 모르지만 츠시마 씨의 사례를 여러모로 생각해보면, 나가사키 형이 방에 도청기를 설치했을 가능성이 컸죠."

"언제 마츠우라의 방에 도청기를 단 거야?"

조금 전까지 동정적이었던 히라도의 눈빛이 지금은 예리하게 내리꽂고 있다.

"……담력 테스트 때예요. 원래는 사세보 선배의 침실이나 서재에 설치하려고 준비해왔지만, 열쇠로 잠겨 있어서 무리였어요. 그래서 무심코 관심이 있던 마츠우라의 방에. ……그리고 만약 그녀의 정체가 조지에게 발각되어 방에서 덮치기라도 하면."

"이제 와서 그런 변명은 집어치워!"

말을 가로막듯이 히라도가 호통쳤다. 넓은 라운지 가득히 고함 소리가 울려 퍼진다. 진심으로 화내고 있다.

"너라는 놈은……. 복수하려는 게 아니었어? 그것을 위한 장치가 아니었어? 공범자가 있다고 알게 된 시점에서 지하 통로에 세팅해두었으면 도움이 됐을 거 아니냐고. 그것을 이런 데 쓸데없이 써버리다니. 그럼, 츠구미의 방에 도청기를 설치한 것도 너지?"

나는 희미하게 고개를 끄덕였다.

"……츠구미는 저의 전부였어요. 설사 몸과 마음은 이사하야에게 빼앗기더라도 저는 츠구미의 모든 것을 알고

260

싶었어요. 소리만이라도 좋으니까. 츠구미의 가장 가까이서, 츠구미를 가장 잘 알고 있는 사람이고 싶었어요. 츠구미야말로 제가 존재하는, 저의 유일한 가치였어요. 겨우 딱 한 달뿐이었지만 저는 츠구미의 많은 것을 알았어요."

만약 도청기가 들키지 않고 그대로였다면 더 간단히 조지의 정체를 찾을 수 있었을 것이다. 아니, 사세보가 규슈 여행에서 돌아와서 조지로 변하기 전에 츠구미를 구출할 수 있었을지도 모르는 것이다. 오직 그것만이 억울했다.

"마츠우라에 대해서도 그때 안 것이겠군."

"……올해 마츠우라가 입회했을 때 성이 같은 데다 목소리가 많이 비슷해서 눈치챘어요. 장례식 때 몸을 벌벌 떨며 눈물을 필사적으로 참고 있던 여자애가 아닐까 하고. 그래서 S대에 갔더니 진짜 마츠우라, 즉 마츠우라의 동생이 있었어요. 거기서 확신한 거예요."

치즈루가 속이고 가입한 동기는 상상이 갔다. 그리고 그 용기에 감복했다. 살인마 조지에 대항해 가는 그 늠름함. 어쩌면 그녀의 용기가 나에게 복수를 위한 용기를 주었는지도 모른다. 나도 용자가 될 수 있다고 꿈꾸게 해준 것일지도 모른다.

"그래서 덫을 놓아보기로 했습니다. 나가사키 형이 혈

흔을 알아차린다면, 마츠우라에게 모든 것을 떠넘기기 위해서 이사하야 형을 처리했을 때와 마찬가지로 자살로 꾸며서 살해할 가능이 있었습니다. 그래서 저와 히라도 형이 마츠우라가 잠들기 전까지 방에 있다가 그 뒤에 방을 나가는 것으로 했습니다. 열쇠로 잠그지 않는 것을 일부러 대화로 가르쳐주고, 몰래 히라도 형이 마츠우라와 바꾼 것입니다. 그리고 옆방인 오무라 형의 방에서 복도를 망보고 있었습니다."

그러더니 시마바라는 처음으로 쓸쓸한 표정을 보였다.

"사실, 당신이 오지 않는다면 눈감아줘도 좋다고 생각했어요. 본심을 말하자면 안 오길 바랐어요. 조지의 공범인 이사하야 형의 모든 걸 체념한 자살로 막을 내려도 좋았어요. 우리들이 혈흔에 대해서 말하지 않는다면 경찰도 그것으로 종결시켰을 테지요. 당신이 죽인 것이 '조지' 두 사람뿐이었다면."

"결국 와버린 거군. 자신의 목을 조르는 것인 줄도 모르고……. 분하네."

최후의 선택을 잘못해버렸다. 치즈루의 방에만 가지 않았다면 치즈루와 동지로 있을 수 있었는데. 이제 제대로 그녀의 얼굴을 볼 수 없다.

하지만, 하지만······.

"하나만 가르쳐줘. 어째서 나는 치즈루까지 죽이려 한 거지? 그녀는 동지인데. 아무리 바보 취급 당해도, 아무리 상처 받아도, 살의만큼은 일어나지 않았어. 괴롭지만 그런 것에는 익숙했으니까. 그런데도 나는 왜 와버린 것일까? 왜 와야 한다고 생각하게 되었을까? 거즈를, 단검을 손에 쥐고 있어도, 침대 앞에 서 있어도, 스스로도 전혀 알 수가 없었어."

"아마도······."

시마바라는 순간 입을 꾹 다물었다가 다시 말을 이었다.

"이 파이어플라이관 때문일 거예요. 수금굴의 멜로디는 가가 게이지의 손에 의해 반디의 테마로 가공되었습니다. 하지만 사랑하는 동생을 애도하고, 동생 그 자체가 될 예정이었던 멜로디는, 불행하게도 광기를 불러일으키는 무언가를 잉태하고 있었죠. 그 때문에 멈추지 않는 '반디'에 의해 가가 게이지는 일곱 명을 참살해버렸죠. 반디의 멜로디는 사람을 미치게 만들어 죽음으로 유혹하는, 광기의 테마였던 것입니다. 그리고······."

시마바라는 너무 밉다는 듯이 천장을 올려다보았다.

"이 저택에 내리는 비, 이 비로 인해 생기는 빗소리는,

모두 반디의 멜로디를 연주하고 있어요. 파이어플라이관을 지을 때 수금굴을 발견한 가가가 설계에 넣었을 테지요. 반디의 멜로디로 이 반디 저택을 뒤덮어버리기 위해서. 파이어플라이관은 완전 방음임에도 불구하고 왠지 모르게 빗소리만은 들을 수 있는 특수한 구조로 되어 있죠. 그것은 누구나 알고 있을 거라고 생각합니다. 하지만 실제로는 그 빗소리조차도 컨트롤되어서 반디의 멜로디를 계속 연주하도록 설계되었던 것입니다. 아마도 지붕이나 벽의 재질, 각도 등이 대단히 미세한 부품 단위로 계산되어 구성되어 있을 테지요. 물론 수금굴의 물방울과는 다르게, 몇천 방울, 몇만 방울의 비가 다방면에서 내리쏟으니까 멜로디는 다층화되고 혼탁해져서, 단순히 알아들을 수 있는 것은 아닙니다. 하지만 귀를 기울여보세요. 그리고 이 바로 위에서 가장 크게 들려오는 빗소리를 뽑아내보세요."

"정말이야!"

시마바라의 말에 따라 가볍게 머리를 기울이고 주의를 집중하던 치즈루가 놀라서 소리를 질렀다. 오무라도 들렸는지 턱 하고 입을 열고 있다.

"다음은 조금 오른쪽에서 들려오는 빗소리에 집중해주세요."

다카다카다카다 · 다—다 · 다카다카단

확실히 들린다. 나에게도 확실히 들려왔다. 틀림없는
반디의 멜로디가.

"이번에는 입구부터 안쪽까지 일직선으로 귀를 기울여
주세요. 그다음은 주방 주변부터 들리는 소리를……."

다카다카다 · 다—다 · 다카다카단

몇 겹이나 중첩된 반디의 멜로디. 천장에서, 벽에서, 창
문에서, 바닥에서, 가구에서 진동하는 모든 것에서 들린
다. 때로는 알레그로, 때로는 라르고. 명랑했다가 침울했
다가. 서로 하모니를 형성하는 부분도 있고 불협화음으로
변하는 부분도 있다. 몇십 개의 파트를 가진 반디 오케스
트라. 반디만의 오케스트라이다. 어째서 지금까지 이것이
들리지 않았던 것일까. 지금은 잘못 들을 수 없을 정도로
분명히 머릿속에서 되울리고 있는데.

"이 저택 자체가 거대한 악기이자 악단이었던 것입니
다. 3일간 저택 전체에 거미줄처럼 둘러쳐져서 계속 연주
되고 있었던 반디의 멜로디. 우리는 그것을 좋든 싫든 듣

고 있었던 셈입니다. 말하자면 '반디'의 사운드스케이프*
입니다. 그 선율은 일부 인간의 광기를 증폭해, 일찍이 사
세보 선배를 과도한 살인마 조지로 만든 거죠. 틀림없이
사세보 선배는 이런 구조를 알고 있었을 것입니다. 그렇지
않다면 이렇게까지 완벽하게 재현할 수 없었을 테니까요.
첫날 사세보 선배가 의미심장하게 말했던 파이어플라이관
의 광기라고 하는 것은 분명히 이것을 말하는 것이겠지요.
하지만 사세보 선배는 알고 있었음에도 불구하고 광기의
포로가 되어버렸어요. 혹은 본인이 바라고 뛰어들었을지
도 모릅니다만. 다만 끝까지 살인을 피했던 이사하야 형을
보자면, 모든 사람이 이 멜로디의 영향을 받는다고는 단정
할 수 없는 것 같은데……."

"그렇다면 내게는 살인마가 될 소질이 있었다는 건가."

"평소에는 이성으로 억누르고 있어서 드러날 리가 없는
소질이 반디의 테마로 인해 노출이 되어버린 것이겠죠. 그
렇게밖에 생각할 수 없어요."

나는 납득했다. 그리고 동시에 안심도 했다. 나의 의지
만은 아니었던 것이다. 치즈루를 죽이려고 했던 충동이 모

---

* soundscape, 소리의 풍경.

두 나의 내부에서 발생한 것은 아니었던 것이다. 이 비가, 이 저택이 광기의 근원이다.

하지만 이야기 소리, 웃음소리, 울음소리, 콧노래, 싸우는 소리, 괴로워하는 소리, 혼잣말, 전화 소리, 영화 감상, 오늘 저녁 식사, 내일 예정…… 츠구미의 모든 것을 도청기 이어폰으로 듣고 있던 내가, 전송되어오는 소리에 필사적으로 귀를 기울여 츠구미의 행동거지를 그려보던 내가, 3일간 끊임없이 울려 퍼졌던 이 멜로디를 듣지 못했다니. 완전 코미디군.

"……저기, 나는 용자가 된 거야? 훌륭하게 임무를 다한 거야?"

시마바라는 대답하지 않았다. 히라도도 입을 꾹 다문 채이다. 동지인 치즈루조차 눈을 내리깔고 얼굴을 돌린다. 돌아오는 것은 허무한 반디의 멜로디뿐.

슬펐다. 이제 라임라이트의 시간은 끝났다.

"저기, 나는……."


다카다카다 · 다—다 · 다카다카단
다카다카다 · 다—다 · 다카다카단

그때 갑작스럽게 천장에서 반디의 소리가 울려 퍼졌다.

지금까지와는 완전히 다른 무겁고 둔탁한 소리. 마치 콘트라베이스나 튜바가 지휘대를 향해 넉살좋게 나서는 것처럼. 이어서 강렬한 진동과 함께 대지가 격렬하게 기울었다. 순간 공중에 붕 뜨는 감각이 생긴다. 무의식적으로 올려다보니, 하늘이 흰 빛을 띠기 시작하고, 유리 천장에는 시커멓고 커다란 덩어리가 잇따라 덮쳐온다……

다카다카다 · 다─다 · 다카다카단
다카다카다 · 다─다 · 다카다카단

"저기, 나는……"

카페트에 주저앉으면서 나는 소리치고 있었다.

벽이, 기둥이, 천장이, 바닥이 말아 올리는 비명이 내이(內耳)를 가득 채운다. 유모세포를 극한까지 진동시켜, 예리한 펄스군(群)을 계속 뇌에 전달한다.

"나는!"

유리 천장으로 비치는 미미한 빛. 회색 하늘에서 쏟아붓는 토사. 무수한 흙덩이. 그것들이 일제히 〈반디〉의 테마를, 광기의 멜로디를, 세상을 뒤덮어 버릴 거대함으로 연주했다.

다카다카다 · 다—다 · 다카다카단
다카다카다 · 다—다 · 다카다카단

흡사 용자의 팡파레처럼······.

## 에필로그


### 7월 20일 조간신문

### 산사태 현장에서 타살 시체. 살인사건인가?


18일 미명, 교토 부(府) ○군 ○○산 남부에서 산사태가 발생해 가까운 산장이 붕괴되어, 산장의 소유자인 오사카 시(市) 기타 구의 회사임원 사세보 사나이 씨(25세)와 학생 일곱 명의 유해가 19일 오후에 발견되었다. 그들은 F대학 동아리의 합숙으로 본 산장에 머물고 있던 중에, 산사태에 휩쓸린 듯하다. 다만 여성 한 명의 신원은 아직 파악되지 않고 있다.

조사에 의하면 유해 중에는 명백한 타살 사체도 포함되어 있어, 단순한 사고는 아니라고 한다. 교토 부 경찰은 유일한 생존자인 대학생의 상태가 회복되는 대로 사정을 확인할 예정이다.

덧붙여, 현장에 있던 산장은 기묘하게도 10년 전에 여섯 명이 참살당한 사건이 발생한 곳이라고 한다.

**파이어플라이관 살인 사건 2** (원제 : 螢)

**1판 1쇄** 2015년 2월 25일

**지 은 이** 마야 유타카
**옮 긴 이** 김영주

**발 행 인** 주정관
**발 행 처** 북스토리(주)
**주    소** 경기도 부천시 원미구 상3동 529-2 한국만화영상진흥원 311호
**대표전화** 032-325-5281
**팩시밀리** 032-323-5283
**출판등록** 1999년 8월 18일 (제22-1610호)
**홈페이지** www.ebookstory.co.kr
**이 메 일** bookstory@naver.com

ISBN 979-11-5564-037-1  04830
      979-11-5564-035-7  (세트)

※잘못된 책은 바꾸어드립니다.

이 도서의 국립중앙도서관 출판시도서목록(CIP)은 e-CIP 홈페이지
(http://www.nl.go.kr/ecip)에서 이용하실 수 있습니다.
(CIP제어번호 : CIP2015001292)